A E
&I

LO INEXPLICABLE

Autores Españoles e Iberoamericanos

Clara Sánchez

LO INEXPLICABLE

Planeta

Diagonal, 662-664, 08034 Barcelona (España)
www.editorialplaneta.es
www.planetadelibros.com

Diseño de la colección: Compañía

Primera edición: mayo de 2026
Depósito legal: B. 25.248-2026
ISBN: 978-84-08-32042-5
Composición: Realización Planeta
Impresión y encuadernación: Liberdúplex, S. L.
Printed in Spain - Impreso en España

PEFC Certificado
Este libro procede de bosques gestionados de forma sostenible
PEFC
PEFC/14-38-00305
www.pefc.es

Para mi nieta, Sol

Al fin los mortales pueden ser, por así decirlo, como dioses si son capaces de ver cerca y lejos, aquí y en todas partes.

Constantijn Huygens

S. xvii

PRIMERA PARTE

Tenía veintidós años cuando encontré aquel trabajo para cuidar de Rafael, un niño de nueve meses a quien sus padres no consentían que se le llamase Rafa, ni Rafita, sino por su nombre entero, en un intento de no empequeñecer su personalidad. Mi labor consistía en recogerlo de la escuela infantil a las dos de la tarde, llevarlo a casa, bañarlo, darle una papilla y entretenerlo hasta que llegaban ellos. A veces se retrasaban más de lo previsto, pero no me importaba, porque era una pareja muy afectuosa que me pedía disculpas y me agradecía todo lo que hacía por su hijo. Además, cuando lograba que el niño se durmiera o en los ratos en que permanecía sentado en el suelo con los juguetes, podía repasar algún tema de las oposiciones que estaba preparando a salto de mata sin ninguna gana ni ningún propósito serio.

La madre se llamaba Lira, como el instrumento de música, y sonaba como ella: melodiosa, suave, adormecedora. Era profesora en un colegio. Tenía una melena corta de un rubio casi natural, cuyas ondas caían sobre unos ojos azules de princesa y unas mejillas redondas. En cuanto lo abrazaba, Rafael entornaba los ojos y suspiraba con fuerza. Y también ella cerraba los suyos, feliz o cansada. El padre, Leonardo, solía quedarse unos segundos contemplando esta escena, le hacía alguna caricia o una mueca presuntamente graciosa a su hijo y luego se marchaba a correr enfundado en unas repentinas mallas y camiseta que parecían surgir de forma espontánea debajo del traje. Era dueño de una inmobiliaria y, al pasarse el día de casa en casa con clientes sin ideas claras ni dinero, necesitaba desfogarse, agotar la adrenalina que aún le hormigueaba por el cuerpo y le impedía dormir. Lira, sin embargo, se limitaba a descalzarse, a abrir un benjamín de cava o una cerveza, de los que pegaba un sorbo largo antes de acurrucarse con el niño en un sofá lleno de cojines que le amortiguaba aún más la voz: «No tengo fuerzas ni para cambiarme de ropa, Alicia. En el bolso hay dinero. No nos dejes nunca, por favor», una cálida súplica que no necesitaba contestación, porque ya se había adormilado. Yo cerraba la puerta con todo el cuidado del mundo y aprovechaba para ir dando una vuelta hasta el piso que compartía con mi hermana Irene, una donación de nuestros padres para que pudiéramos concentrarnos en unos supuestos estudios.

Mi hermana disfrutaba advirtiéndome de que la parejita, como la llamaba, explotaba mi candor. «Puede que ni siquiera trabajen hasta tan tarde —decía—. Seguramente se entretienen en la barra de un bar pegándose unos buenos lingotazos». Para Irene no había nada más irresistible que la barra de un bar repleta de relucientes copas colgantes sobre las cabezas y alguien ligando con el de al lado. Esta mente calenturienta se debía a que vivía demasiado encerrada en casa diseñando loza para el hogar, sobre todo tazas. Las había infantiles, grandes, pequeñas, de despacho, juegos de café. Y nos regalaban todas las que queríamos, por eso cualquier clase de bebida la tomábamos en taza, desde agua hasta champán.

Era cierto que, en ocasiones, Leonardo arrastraba hasta la casa un ligero olor a whisky que hacía pensar en las rutilantes barras de Irene, algo hasta cierto punto normal al tener que alternar con tantos clientes. Por supuesto, esto a mi hermana no se lo comentaba para no darle la oportunidad de sermonearme una vez más con que abandonaba el temario en la mesa para acudir a un trabajo irreal. «Los niños crecen rápido —decía— y, entonces, ¿qué te quedará?».

Qué equivocada estaba.

Rafael era tan real y concreto que no podía dejarse para mañana ni para un minuto después: el hambre, el sueño, los cólicos, los berrinches y un sinfín de pequeños percances que para él suponían una tragedia. Y además se hacía solo. Crecía solo, pensaba solo, lloraba solo. Cambiaba solo de día en día. Me sorprendía constantemente.

Me gustaba ese momento en que lo recogía en la escuela infantil y, si no estaba dormido, me echaba los bracitos al cuello. Luego lo tumbaba en la silla para que disfrutara de la siesta a gusto o lo sentaba para que se distrajera con lo de alrededor y emprendíamos despacio el camino de vuelta de más o menos un kilómetro y medio. Era muy curioso y abría mucho los ojos, como para que el mundo entrara en ellos. Del trayecto le llamaban la atención el puesto de flores de la esquina, las cafeteras de un escaparate y la gente con gafas.

Y aunque siempre hacíamos el mismo recorrido, su

cuerpecito, día tras día, empezó a inclinarse hacia un paso de peatones a unos trescientos metros; mejor dicho, hacia la calle que había frente al paso de peatones. Me costó unos quince días darme cuenta de que este capricho se había convertido en manía cuando también comenzó a señalarme con la mano extendida aquella zona. ¿Qué había allí que pudiera atraerlo? Nada. Era imposible que un bebé hubiese adquirido conciencia del entorno. Reconocía a su madre, a su padre, a mí, a su profesora y compañeros de la escuela infantil de una manera vaga, sin determinar. Aun así, tendría que estar atenta, porque por entonces en las páginas de educación de los periódicos se hablaba mucho de los niños con cualidades especiales y lo desatendidos que estaban por falta de presupuesto. Quizá fueron estas señales las que me responsabilizaron de que, si algo me llamaba la atención en Rafael, para bien o para mal, mi obligación era no mirar para otro lado.

A principios de octubre, Lira se puso muy contenta cuando Rafael comenzó a gatear. Lo hacía frenéticamente y exigía subir hasta el piso por las escaleras. Ya balbuceaba «mamá» y «agua». Y al salir de la escuela me costaba sentarle en la silla y, sobre todo, persuadirlo de no ir hacia ese sitio cruzando el paso de peatones. A veces se empeñaba tanto que echaba el cuerpo hacia delante y señalaba con el dedo. «Pero ¿qué quieres? —preguntaba con la impotencia de no poder entenderlo y también por la proximidad de unos exámenes que, aunque no tenía ninguna posibilidad de aprobar, me inquietaban—. Tenemos que ir a casa».

Me abrumaba todo el tiempo que había perdido sin estudiar. Me acongojaba la irrealidad de mi vida, como a Irene le encantaba recordarme. Ni siquiera tenía un amor o al menos un novio que medio me gustase para poder ir por ahí cogida de su mano a cenar, al teatro, que me besara, ahora que los parques todavía rebosaban de verde y la gente se tiraba en la hierba a tomar el sol y abrazarse. Si lo pensaba bien, lo único fijo en mi vida eran Rafael y sus atareados padres, a los que veía diez minutos al día. Al padre con las mallas y las deportivas, y a la madre con la blusa y la falda desaliñadas y los pies hinchados de todo el día dando clases. Quizá la inutilidad de mi vida me debilitaba y me volvía más sugestionable de lo normal.

Y una tarde, cuando Rafael señaló y se inclinó con más fuerza de lo esperable en la silla, moviendo sin parar sus piernecitas en dirección a esa lejanía que tanto le tentaba, le grité:

—¡Por Dios, no me lo pongas tan difícil!

Y entonces se giró hacia mí y de sus ojos surgió algo que me paralizó. Aunque los tenía claros como su madre, no eran como los de su madre, pacíficos, placenteros y sin nada detrás. Los de Rafael se encendieron, asomó una luz del fondo de su pequeño cerebro. Y hasta que no encaminé la silla hacia ese lugar no comenzó a desvanecerse.

¿Hasta dónde tendríamos que avanzar? Cada vez que nos parábamos señalaba con el dedo. Su mano era firme, tenía claro el objetivo. De cuando en cuando me inclinaba hacia él para comprobar que ese algo cegador no había vuelto... y lo hacía con un respeto fuera de toda lógica, seguramente porque nunca había sido capaz, ni de niña ni de adulta, de ver una película de terror sin taparme los ojos. De pronto Rafael no era solo un niño de nueve meses, era un niño con otro ser en su cabeza capaz de encenderle y apagarle un destello rabioso en la mirada. Y la pregunta era si habría sido algo ocasional, una falsa impresión, una de esas sensaciones que forma la mente: oscuras sombras descomunales o los deslumbramientos sobrenaturales que rodean las apariciones de santos y de ovnis.

El cerebro a veces quiere dar miedo.

Pobre Rafael. A lo mejor necesitaba que su madre lo abrazara más rato, que lo besara con sus labios carnosos y esconder la carita entre las ondas del pelo. Esas cosas entre madres e hijos.

Yo no era quién para comprenderlo.

Esa tarde nos alejamos tanto de nuestra dirección que no sabía qué hacer. Me agaché hacia él y le rogué que nos marchásemos a casa.

—Mañana volveremos aquí —le prometí, aun sabiendo que era imposible que me entendiese.

Y entonces encogió el brazo con que marcaba el rumbo y se puso el chupete. Me estremeció bastante que se mostrara conforme. Desde que nació no le había dado tiempo a nada, ¿qué habían supuesto nueve meses para él y para mí? Pasar de la teta al biberón, del biberón a la papilla, empezar a observar con curiosidad el mundo, sonreír, balbucear. Y después un curso más, luego otra vez el invierno sin darme cuenta, preparar unas oposiciones, como mucho tener un hijo. Y, a pesar de todo ese porvenir, este pequeño ser había tomado una decisión: dar por concluida hoy la excursión.

Se durmió antes de que pudiera bañarlo, y Lira dijo que por un día no pasaba nada, que en otras épocas a los niños se les bañaba de pascuas a ramos y que no era bueno para la piel. Le revolvió la pelusa de la cabeza con la mano y me pidió que le cambiara el pañal; estaba muerta de cansancio y Leonardo se había marchado de viaje el fin de semana. Le preocupaba mucho Leonardo; el negocio funcionaba fatal, los clientes cada día eran más exigentes.

—¿Te apetece tomarte una copa de vino conmigo? —me preguntó mientras se pasaba las manos por la cara como para retirar unas lágrimas invisibles.

Hice como que no había oído lo de la copa. Y, mientras lo cambiaba, le comenté que Rafael ya había cenado, poco, pero algo era algo y que debía marcharme porque tenía los exámenes encima. Dudé si comentarle las extrañas reacciones de su hijo, pero permanecí contemplando tontamente cómo ella levantaba la mano y la dejaba caer lánguida y desesperanzada en el muslo.

Durante el camino a casa no paré de preguntarme si Lira lo habría llevado a la cuna antes de ducharse y no le habría dejado solo mucho rato en la alfombra; esperaba que tomase las riendas de su hogar.

Me desperté en medio de la noche con una inconcreta preocupación por Rafael y su madre. Una manera de quitarme mis propias preocupaciones de encima, me habría dicho mi hermana. Aunque, en el fondo, yo no tenía de qué preocuparme, porque no tenía nada.

Lira no me llamó durante el fin de semana, así que pensé que todo andaba bien e Irene y yo aprovechamos para marcharnos a la playa. Algunos turistas aún se bañaban. El viento, el oleaje, el sol, la arena y unas cuevas a lo lejos donde se habrían refugiado los últimos neandertales; un mundo prehistórico que aliviaba. Tanto mi hermana como yo éramos fruto de millones de cruces entre especies. Quizá alguno de mis antepasados durmiera y comiera en esas cuevas. Pescaría en la playa, haría una fogata, contemplaría las estrellas por la noche, se haría un collar de conchas, se pelearía con alguien, se aparearía con otro y se extinguiría. ¿Hay un momento en el que desaparecemos, en el que nos desintegramos? ¿La existencia le da a una tecla y aquí se acaba todo? Entonces, ¿para qué tanto universo y tantas estrellas, tantas cosas enormes y tantas cosas ínfimas? ¿Para qué tantos sueños? ¿Para qué un pensamiento que acaba muriendo sin explicar nada?

Volvimos del viaje con la piel enrojecida y con ganas de habernos quedado para siempre en aquellas cuevas con turistas poco frioleros y neandertales rezagados, pero no tuve más remedio que poner los pies en la tierra enseguida. El lunes por la mañana recibí un mensaje de Lira informándome de que Rafael había estado raro desde el sábado en la noche, seguramente incubando algún virus. Así que, tal como imaginaba, en la escuela me lo entregaron dormido y nos fuimos derechos a casa saltándonos el ritual de recorrer el extraño camino opuesto al nuestro.

Tras despertar, repasó con la vista la habitación entre los barrotes de madera de la cuna y, al encontrarme, dirigió los brazos hacia mí. Lo alcé hasta mi cara.

—Mañana iremos a ese sitio que tanto te gusta.

Me sonrió. Ignoraba si este comportamiento era propio de un niño de su edad. Creo que hasta ahora no me había fijado en ninguno con detenimiento. De hecho, tuve que aprender deprisa un sinfín de cosas sobre cacas, digestiones, lloros, hambre, malestar, sueño, sensaciones insondables y a perder el miedo a envenenarlo o hacerle daño, miedo a que se me cayese al suelo o que gateara hasta alguna silla, se subiera y se escurriera por la ventana al vacío. Dependía por completo de mí y mi dominio sobre él era casi absoluto. Sin embargo, en las últimas semanas me sentía invadida por esa fuerza que lo rodeaba como la atmósfera, la capa de ozono y miles de satélites a la Tierra. Estuvimos jugando hasta que llegó Lira. Leonardo aún estaba de viaje, había enlazado uno con otro.

—¿Podrás quedarte una hora más de ahora en adelante? —preguntó suplicante, quitándose los zapatos.

Luego se subió la falda y se bajó las medias. Tenía unos muslos mullidos y bonitos, que hacían pensar en las manos de Leonardo subiendo y bajando por ellos en otros días más románticos.

—Estoy con las oposiciones —me disculpé sin pretenderlo en voz baja.

Lira me impulsaba a necesitar protegerla y a sentirme culpable por no hacerlo. Mientras tanto Rafael, en la manta de actividades, cesó de colocar unos cubos de construcción para observarnos.

—Es que no puedo con todo —se quejó a un segundo de derrumbarse.

Estuve a punto de preguntarle cómo iban las cosas entre su marido y ella, pero la atenta mirada de Rafael me frenó. Una ínfima parte de mí dudaba si el niño entendería lo que hablábamos.

—Veré qué puedo hacer —contesté por fin.

Y Rafael volvió a sus cubos.

Lira me lo agradeció mucho, yo era su salvación, era..., era... No sabía cómo explicarlo, estaban pasando un mal momento, la agencia no remontaba y por eso Leonardo estaba siempre fuera, tratando de recuperarla.

Leonardo había heredado la agencia inmobiliaria de su padre y al principio, nada más casarse, funcionaba de maravilla, los pisos y los chalés volaban de sus manos y enseguida pudieron comprarse este agradable apartamento no lejos del centro de Madrid. Tenía dos habitaciones, una para ellos y otra para un posible niño. Tiraron un tabique para dotar de más amplitud la cocina y crear un pequeño *office*, y era todo blanco, por lo que la luz que entraba por la ventana rebotaba en las paredes creando un ambiente casi celestial. Según Lira, se divirtieron mucho pintándolo ellos mismos, se hacían bromas y de vez en cuando dejaban caer las brochas en los cubos para hacer el amor o como mínimo abrazarse y besarse. Dos años después nació Rafael, al tiempo que se hablaba de burbuja inmobiliaria. «Se compra caro y se vende barato», se quejaba Leonardo.

Desde que los conocí, Leonardo, aunque estuviese en la casa, parecía que no estaba. No molestaba, no hablaba fuerte, no se ponía nervioso, no dramatizaba por nada; era cómodo. Pero con el paso de los días tuve la sensación de que no era real, solo un espejismo emanado de la adoración de Lira por él, y que el verdadero permanecía rezagado en otro lado; trabajando como pensaba Lira o en los bares que imaginaba Irene. Quizá fuese un escritor secreto y viviese ensimismado en sus historias. Y, de hecho, tardó poco en revelarse como alguien que ya había volado a ese otro lugar: el niño lloraba y a Lira la acongojaba que le doliese un oído.

—Hay que evitar las corrientes de aire —dijo con los nervios deshechos.

Mientras, Leonardo acababa de llegar de correr y bebía agua de una botella con la vista perdida en la puerta del frigorífico. Cuando terminó, enroscó el tapón con fuerza:

—Vamos a cambiar de marca de agua, esta es muy ácida —dijo, y se marchó a darse una ducha.

El tono de su voz, solemne y contundente, cortó en seco el llanto de Rafael, y todo lo que en ese momento nos rondase por la cabeza cesó de tener sentido.

Varios días después, Lira me contó como se cuentan estos dramas, entre sollozos y risa histérica, lo que ya suponía, que ahora él estaría bebiéndose un agua menos ácida en esa otra parte donde pasaba días enteros.

—Cuenta conmigo para lo que sea —le dije a Lira en el mismo tono de sinceridad con que se dice «te amo» o «te odio», sin fisuras.

Me cogió la mano con su mano mojada por lágrimas y saliva. Rafael se puso el chupete él solo y se durmió.

Me acostumbré a la rutina de recoger a Rafael en la escuela infantil, a cruzar el paso de peatones e internarnos por aquella calle que lo atraía tanto, sobre todo porque no me apetecía enfrentarme al abrupto relámpago despedido por sus ojos cuando se enfadaba. Era evidente que no podía hacerme daño, pero me inquietaba que esa luz me atravesara el cerebro y llegara a algún rincón que no me gustaría descubrir. Y, para no flaquear, intentaba sin mucho éxito regañarlo y no cogerlo en brazos. Cada vez pesaba más y, desde que descubrió que gateando podía acceder a cualquier parte, se me hacía muy difícil manejarlo y al mismo tiempo cargar con la silla.

Un día fue especialmente complicado porque habíamos entrado en un noviembre más frío de lo normal y la ropa entorpecía los movimientos; encima chispeaba y temía que nos cayese un chaparrón.

—Por favor, Rafael, vámonos a casa —supliqué.

Pero en aquellos días nos habíamos introducido más en la dichosa calle y me señaló un portal determinado. Nunca olvidaré el número 39 de la calle Velázquez, que por voluntad de un niño se había convertido en algo más que una calle cuyo solo nombre evocaba pisos grandes y caros de techos altos, vidrieras y gente dentro vestida con ropa de Loewe en tonos pastel. Había que subir unos cinco escalones hasta un gran portalón con dos pesadas hojas de cristal sobre las cuales bailaban las luces amarillas de una gran lámpara palaciega, lo que a esa hora temprana acentuaba la sensación de invierno. Para adaptarse a la normativa, junto a la escalinata habían construido una rampa, que desentonaba.

Rafael se cogió al asa de la silla y la zarandeó. Me señalaba la escalinata. Exhibía más fuerza de la que resultaría normal en un niño de diez meses.

—Va a llover —lo regañé—. Otro día volvemos.

Intenté besarlo para calmarlo, pero me apartó. Se revolvió contra mí y me miró de esa manera intimidatoria, por lo que no tuve más remedio que bajarlo al suelo y resignarme a que subiera la escalinata de la entrada, al final de la cual se puso en pie y apoyó las manos en las puertas de cristal. Alguien desde dentro lo vio y esperó a que yo lo cogiera para abrir.

—Hola, guapo —le dijo una mujer con grandes gafas cuadradas que normalmente le habrían entusiasmado—. Parece que va a caer una buena.

Sostuvo la puerta abierta para que pasáramos y Rafael gateó deprisa por el mármol del vestíbulo hasta que el conserje nos dio el alto.

—¿Adónde van?

—No lo sé —contesté—. El niño se ha encaprichado con este edificio y se empeña en pasar a conocerlo.

Lo observó sin saber qué pensar, quizá receloso.

—Pues lo siento, tienen que marcharse. No es lugar para un bebé.

Rafael se detuvo y se agarró a una de las bonitas columnas que parecían sostener un mundo de misteriosos vecinos. Y temí que lanzase una de sus impactantes ráfagas. Por el contrario, dirigió su cuerpecito hacia mí, sonriente, y aproveché para salir. No opuso resistencia a que lo metiera en la silla y le bajara la capota.

De regreso a casa me empapé a conciencia. Conduje la silla corriendo en medio del aguacero. Era tontería refugiarnos en algún sitio esperando que escampase, porque no iba a escampar. El cielo tenía ganas de descargarse. Rafael tenía ganas de salir corriendo a ese extraño lugar; el tiempo siempre tenía ganas de que el niño, de un momento a otro, anduviese, hablase y me diera órdenes.

La llave del piso se me escurría entre los dedos temblorosos, enrojecidos y mojados. Por fortuna, a Rafael solo le habían caído unas gotas y lo bañé enseguida; luego lo abracé, y me rodeó el cuello con los brazos. Si hacía lo que él quería, todo discurría bien.

Lira llegó más tarde de lo previsto; no encontraba taxi. Preguntó si Rafael había cenado. No, no había cenado aún porque nos había pillado la tormenta, estaba preparándole una papilla. Ella suspiró ante la perspectiva de tener que dársela, pero no tuvo más remedio. Descolgué enseguida del perchero mi impermeable goteante.

—Llévate un paraguas —dijo, echando la cabeza para atrás en el respaldo del sofá.

¿Querría Rafael que le contase a su mamá nuestras excursiones a aquella calle y a aquel edificio en el que habría un piso al que, sin duda, tendríamos que subir algún día? Por lo deprisa que gateaba, de un momento a otro andaría cogido de la mano y, en cuanto lo hiciese solo, ya no podría controlarlo, y puede que ese fuese el momento de dejar este falso y absurdo trabajo, como lo llamaba mi hermana.

Estuve encerrada una semana con gripe en casa; no solo me encontraba mal, con fiebre, toses y dolor de garganta, sino que pondría en peligro al niño. Lira le suplicó a Leonardo que la ayudase con su hijo o lo denunciaría por dejación de obligaciones.

—Solo tiene que ir a recogerlo por la tarde —me contó por teléfono—, y lo hace de muy mala gana. Dice que el niño es muy rebelde, que no sé educarlo y que puede que, llegado el momento, solicite la custodia.

El divorcio estaba al caer. Y mi cerrada lealtad hacia ella empezaba a agobiarme.

—No soy fuerte, Alicia. No sé por qué me dio por tener un hijo. Los hijos son para personas con carácter. Gente que sabe enfrentarse a las enfermedades, a los profesores, a los desconocidos por la calle y a los propios hijos. Mis alumnos me acobardan. No puedo con esto.

Yo tosía para hacerle comprender que podría enfermar y que debía buscar alguna alternativa a mí misma.

—También Leonardo quiere contribuir económicamente para que cuides de Rafael los fines de semana hasta que resolvamos la situación.

No podía, tenía las oposiciones a la Administración del Estado encima. No debía consentir que el trabajo irreal sepultara por completo un posible trabajo real.

—Viernes por la tarde y sábado por la mañana —concedí—. Lo demás es imposible.

Me avergonzaba contarle a mi hermana que había sucumbido una vez más. Ella me reprochaba que me dejase lavar el cerebro por aquella parejita egoísta a todas luces ya rota, que iba a meterme en un buen lío, así que tampoco me atrevía a confesarle los inexplicables comportamientos de Rafael, al que ella se empeñaba en llamar Rafi para rebajar la autoridad de sus padres.

Tras la semana de gripe, me encontré a un Rafael algo cambiado. Había crecido un poco y hacía equilibrios para agarrarse a los muebles. El momento temible estaba llegando. Cuando lo saludé me ignoró, lo que podría significar que se había olvidado de mí, que me castigaba por mi ausencia o que prefería que no estuviera.

—Te ha echado de menos —dijo una Lira angustiada, pero arreglada al máximo—. Tengo cita con el abogado.

Le hizo una caricia a su hijo en la cabeza y cerró la puerta. Eran las cinco de la tarde y dudé si tendría que bajarlo al parque a jugar. Luego pensé que sería mejor hacerme la tonta y entretenerlo en casa y así evitar cualquier idea extraña del niño. Le dije:

—Ahora vamos a merendar.

Él se limitó a gatear junto a la puerta y apuntar hacia la cerradura. ¿Esta acción encajaría con su edad? Me di la vuelta, preparé un cuenco de arroz blanco y lo coloqué en la bandeja de la trona. A continuación, extendí los brazos hacia él. Y él meneó la cabeza a derecha e izquierda. No parecía dispuesto a sentarse en la trona. Y, al tratar de cogerlo, pronunció muy clara la palabra «no» con una voz algo grave, impensable en un cuerpo tan pequeño.

—¿Cómo has dicho? —pregunté—. Repítelo.

No lo hizo; en cambio, me sonrió con una sonrisa más definida que hacía una semana.

—Si te comes el arroz, jugamos en la bañera y mañana vamos a ese sitio que tanto te gusta.

Permaneció pensativo lo suficiente como para sugerir que lo había entendido todo y que estaba de acuerdo. Comió bastante y jugamos en la bañera, con una novedad: me arrancó la esponja de la mano y se la pasó muy torpemente. El gesto me hizo preguntarme si no habría sido brusca al frotarlo.

—Nunca, jamás en mi vida, te haría daño —dije.

Continuó jugando y cuando se cansó me señaló la toalla, una de esas toallas de microfibra con capucha con la que solo había que envolverlo para secarlo. Empezaba a darme cuenta de que o le incomodaba o le daba miedo que lo tocara. Y, cuando llegaron Lira y Leonardo, ambos con cara de funeral, se lo comenté.

No escucharon, estaban en otra cosa. De alguna manera sus pensamientos aún no habrían salido del despacho del abogado. Yo seguía intentando colocarle el pañal y el pijama a Rafael, pero él oponía toda la resistencia del mundo: se retorcía encima del sofá, lloraba, su pequeña mano empujaba la mía.

Durante la gripe, había perdido ritmo y fuerza, me sentía agotada, y me pareció una desconsideración por parte de ellos su desinterés hacia mí y no ayudarme.

—He estado pensándolo y no sé si podré dedicarle tanto tiempo a Rafael —dije.

Por fin capté su atención. Se volvieron hacia mí, asombrados y asustados.

—Contábamos contigo, no puedes hacernos esto —se quejaron uno tras otro.

—No puedo sustituiros. Rafael es un niño muy especial, muy sensible.

—Lo que es es un niño muy caprichoso —se lamentó Leonardo, que por primera vez se había vuelto real, de carne y hueso.

Estaba presente mirando a su caprichoso hijo y a Lira como a un pasado que no acababa de marcharse y a mí como un problema con el que no contaba. Y quizá por eso explotó.

—No quiero que malinterpretes mis palabras. No tienes la culpa de que al niño se le esté malcriando. —Se acercó más a mí para excluir de la conversación a Lira—. Todas estas tardes me he encargado de ir a buscarlo a la guardería...

No era el momento de advertirle que en la escuela infantil les molestaba mucho que se les llamase «guardería».

—Y todas las tardes se empeñaba en que tomáramos un camino opuesto al normal —siguió Leonardo—. He tenido que sacarlo de la silla y traerlo en brazos llorando y pataleando. No puede hacerse constantemente lo que él quiera. Cuando obtenga la custodia, espero seguir contando contigo y verás como todo cambia.

Lira demostraba su disgusto llorando y sonándose la nariz de forma estrepitosa. Por mi parte, callé con la vista puesta en los granos de arroz esparcidos por el suelo. En esta situación era imposible transmitirles mis observaciones sobre su hijo: no entenderían nada.

Me fijé en que Leonardo había cambiado, en cierto modo mejorado, su forma de vestir. Ahora parecía que acababa de salir de un yate a tomar una copa en tierra firme con la brisa de altamar pegada a la frente. Habría encontrado al amor de su vida, y este apartamento, su vida de antes, le parecerían una mierda; solo se salvaba la sangre de su sangre, Rafael, lo único que le interesaría llevarse al yate. ¿Y por qué no pensar que cuando antes se metía en las mallas para correr estaba entrenándose para escapar?

Las advertencias de mi hermana tenían fundamento: esta gente me sorbía el seso, me hacía creer que los sujetaba mi mano y que, si los soltaba, se desplomarían al vacío.

«Han sobrevivido sin ti una semana y podrán hacerlo el resto de sus vidas —decía—. Son unos vampiros, empezando por Rafi, ese niño raro, siguiendo por la llorona de su madre y terminando por el sinvergüenza del padre, que ya debe de estar liado con alguna. ¿Y tú qué? ¿Crees que ellos piensan en ti alguna vez?». Lo cierto es que no necesitaba que pensaran en mí, no me habría gustado. Aunque me llamaba la atención que mi hermana se refiriera a Rafael como «ese niño raro» sin que hasta este momento le hubiese contado las cosas raras que hacía, pero, solo con mencionarlo, algo saltaba al aire y creaba esa sensación.

Era de todo punto impensable que los dejara de lado. Me atraían como si estuvieran rellenos de imán. Cualquier psicólogo estaría de acuerdo con mi hermana: había cruzado la raya y dependía de ellos, porque ellos me daban algo que no me daba este silencioso piso, sobre todo algunas tardes cuando Irene desplegaba sus plantillas para diseñar tazas y platos en la mesa del comedor y yo me tumbaba en el sofá con un manojo de folios subrayados con varios fluorescentes que parecía que animaban más las tediosas frases administrativas. ¿Qué hacía viviendo con mi hermana a estas alturas? Cualquier manera de escapar era bienvenida, pensaría también el psicólogo.

Lira saltó de alegría cuando la llamé para confirmarle que respetaba nuestro último acuerdo y que iría al día siguiente, sábado.

—Si pudiera, te pagaría lo que me pidieses —dijo en el estado de dramatismo de los últimos tiempos.

Rafael estaba en la cama con su madre y al verme se

escurrió hacia el suelo: otra novedad. Lira seguía dormida con la cara pegada a la almohada. Rafael me cogió de la mano y anduvimos hacia el salón. Instintivamente, se la retiré y siguió andando. Apenas se tropezaba. Me invadió una sensación bastante fuerte, que no podía ser de emoción, porque este sentimiento estaba reservado para su madre, quizá para su padre, los seres que lo querían más que yo. No debía emocionarme como si fuera uno de ellos, era absurdo. Solo estaba impresionada. Debería haber despertado a Lira porque se habla mucho del momento en que un bebé arranca a andar. Decidí que no, que ya se daría cuenta por sí misma.

—Si te tomas el desayuno, iremos al parque.

Entonces se agarró a la pata de la trona intentando trepar hasta el asiento, una docilidad mezclada con habilidad que me extrañó bastante. Todo me extrañaba en este niño, lo que podría ser normal y lo que no.

Sonó el teléfono y era Leonardo preguntando por Lira.

—Se está duchando —mentí, porque el hecho de que aún estuviera en la cama iría en su contra.

Rafael se llenaba la boca con yogur y plátano sin gana y deprisa, quería bajar al parque lo antes posible, y ojalá no me forzara a ir a la calle y al portal misteriosos.

Por suerte, no hizo ningún intento en este sentido. La mañana era fría y húmeda, se respiraba muy bien. Algunos árboles del parque iban pelándose, las ramas se disparaban como largos dedos momificados. Quizá exageré al abrigarlo con gorro y guantes, de los que no tardó en desprenderse sin ningún esfuerzo, sacudiendo su cuerpecito sin más, y enseguida se encaramó a un balancín.

Luego lo ayudé a subir por la escalera de un tobogán. Lo sujeté con aprensión para que se deslizara por él. No tenía miedo, intentaba tirarse una y otra vez. Deambulaba como podía por el recinto, volvía al tobogán. Trataba de no gatear, solo andar. Parecía un soldado entrenándose para una batalla y, a las tres horas, me resultó muy difícil arrancarlo de allí. Hubo pataleo y llanto desenfrenado, pero no brillo anormal en los ojos, como si este recurso lo reservase para la casa misteriosa, como empecé a llamarla para mí misma.

Y de pronto soltó la frase:

—No quiero.

¿Estábamos pasando en una misma mañana de gatear a andar y de palabras sueltas a varias juntas?

—¿Podemos volver esta tarde un rato más? Ahora hay que comer —dije.

Me quedé en suspenso esperando una contestación, otra frase. No la hubo, quizá no quería alarmarme más de la cuenta. En lugar de eso, no consintió meterse en la sillita. Me cogió de la mano y anduvimos torpemente hasta el portal del apartamento.

Encontramos a Lira tomándose un café y con ropa de calle. Iba a comentarle que su hijo había arrancado a andar y que había dicho «No quiero», pero se me adelantó:

—Leonardo quiere hablar conmigo. Dice que ha llamado antes, pero que le dijiste que estaba en la ducha. —Me guiñó un ojo con complicidad.

El niño se comió la pasta que le hice y simuló echarse una pequeña siesta, esperando el momento de regresar al parque hasta que empezó a llover de manera torrencial. Por las ventanas escurrían primero riachuelos y después mares como de gelatina deshecha. Me miró con desazón.

—No te preocupes —lo consolé. Y con lo que había distribuí obstáculos por el salón y una especie de tobogán, mientras repasaba un tema.

Cuando llegó Lira, el niño me había soltado otra frase: «Ven aquí». Sin quitarse el abrigo y esparciendo huellas de agua por el parqué, se refugió corriendo en su habitación. Rafael me cogió de la mano y me condujo al improvisado tobogán.

—Aquí —dijo.

Pretendía que yo me tirara por allí. Se oían los sollozos ahogados de Lira. Lo más probable es que Leonardo la hubiese citado para comunicarle sus intenciones de quedarse con la empresa, el niño y quién sabe si el apartamento.

Cuando entró en el salón con la cara enrojecida, el pelo aplastado a los lados de la cabeza y el camisón puesto, sorteando cojines y sillas, le informé de que Rafael había dicho «No quiero» y «Ven aquí», y lo incité a andar, sin resultado.

—Ah, ¿sí? —contestó distraída, e intentó abrazar a un Rafael igualmente distraído, con otras cosas en la cabeza. Y añadió—: Leonardo lo quiere todo, menos a mí.

En ese momento me pregunté si era tan importante que Leonardo la quisiera, incluso si Leonardo y ella eran importantes. Y además había dejado de darme pena, más bien envidiaba un poco que estuviese viviendo una gran pasión. Se sorprendió cuando le anuncié que, a pesar de que faltase hora y media, me marchaba ya.

—Hasta el lunes —dije—. Descuéntame este tiempo.

No quise mirar a Rafael, yo no debía tener ninguna importancia en su vida.

El domingo estuve estudiando desde las siete de la mañana hasta las cinco de la tarde, momento en que mi hermana me propuso estirar las piernas. Mientras nos poníamos los chubasqueros y las botas de agua, supe adónde teníamos que ir.

—Debo comprobar una cosa. Es un poco lejos.

—Cuanto más lejos, mejor —dijo—. Tengo que quitarme cinco kilos de encima.

Durante el camino, dejé que me contara todo lo que se le pasaba por la cabeza: trabajo, chicos, familia, un antiguo novio estaba a punto de casarse... Era incansable, así yo podía ir dándole vueltas a qué podría seducir tanto a Rafael de la casa misteriosa.

Rafael tenía muy claro cuál era el portal que tanto lo atraía, nunca había dudado. Un portal que era imposible que le recordara al suyo porque este era antiguo y revestido de mármol, y el de sus padres, pequeño, funcional, con paredes blancas. Podría recordarle al de los abuelos maternos o paternos, pero, desde que yo lo cuidaba, jamás había ido a visitarlos. La explicación esperaba en alguna parte y empezaba a obsesionarme.

Dando un buen rodeo, me las ingenié para recorrer la calle más intrigante del mundo; al fin y al cabo, Irene no sabía adónde íbamos. Fui fijándome bien a derecha e izquierda, aunque al ser fiesta los comercios estaban cerrados. Cuando nos encontramos frente al número 39, le pregunté a Irene si la casa le recordaba algún cuento o alguna película, si despertaba en ella alguna imagen.

No despertaba en ella nada de nada, algo en perfecta armonía con su seca visión de la vida y en contradicción con el aspecto bondadoso de su sonrisa y sus ojos, incluso de su pelo, de un sedoso ingenuo, y las perlitas de las orejas.

—¿Qué hacemos aquí? Estamos mojándonos.

Ni yo misma lo sabía, pero, ya que estábamos, era una buena noticia que no existiese un conserje que nos cortase el paso. Para disuadirnos de entrar, los vecinos que salían cerraban cuidadosamente las pesadas puertas de cristal en nuestras narices.

—Necesito ver los buzones —dije. Y era cierto, los buzones podrían revelar alguna pista de quién vivía aquí.

—¿Te ha enviado ella? Te lo dije, quiere que averigües con quién está liado Leonardo.

Irene acababa de brindarme una explicación muchísimo más práctica que la verdad, sobre todo porque la verdad nunca llega a ser verdad del todo. ¿Era verdad la imagen que Lira tenía de su hijo? ¿Y de Leonardo? ¿Eran verdad mis apreciaciones sobre Rafael? La verdad era una joya guardada en un cofre escondido en un lugar que no existía.

El aguacero no paraba, y al parecer los domingos por la tarde la gente que vivía en estos portales con arañas de cristal no salía a la calle o no había regresado de sus fincas rústicas. Y estaba Irene a punto de cometer la imprudencia de tocar todos los timbres cuando, detrás de nosotras, como salido de una novela de Jane Austen, apareció un hombre con botas de montar. Ella le sonrió y él le cedió el paso. Tomaron juntos el ascensor y, a los dos minutos, Irene bajó de vuelta para abrirme la puerta.

—Hemos hablado de caballos —explicó consultando los buzones en que destacaban placas doradas de varios bufetes de abogados y consultorías, signifique lo que signifique este trabajo—. Creo que la novia de Leonardo debe de ser esta: Margot Rius, del cuarto B. No hay otros nombres junto al suyo, parece que vive sola.

Ya era suficiente, no quería que nos sorprendieran curioseando, así que le propuse salir e ir a algún sitio a tomar un café mientras me sentía incapaz de adivinar el vínculo de Rafael con la casa misteriosa, con su inquebrantable afán de entrar en esta y no en la de al lado. Y, si no fuese porque Irene jamás me habría dejado en paz tras semejante confidencia, le habría dicho: «Ni te imaginas lo extraño que es el niño al que cuido».

El lunes la profesora me hizo una señal para que entrase en el aula a hablar con ella; habría preferido charlar con la mamá de Rafael, pero comprendía que los papás estuvieran muy atareados, así que me pedía que les trasladase sus impresiones. Y sus impresiones consistían en lo poco sociable que Rafael se mostraba. Jugaba aislado, aunque más que jugar hacía mucho ejercicio, no para quemar energía como un niño normal, sino para hacerse más fuerte. Me pidió disculpas, no quería sugerir que Rafael no fuese normal, sino que se comportaba como un adulto, un adulto en el cuerpo de un niño de diez meses y medio. Tampoco su mirada era la de un bebé. Diría que era inquisitiva, tanto que a una de las cuidadoras le daba apuro cambiarle el pañal porque se la quedaba mirando muy fijamente y a veces le apartaba la mano. Parecía como si no soportara la idea de no controlar los esfínteres.

—Parece que sea una carga para sí mismo y que nosotras también suponemos una carga para él. No sé cómo explicarlo. Me arrepiento de decir lo que estoy diciendo, no tiene sentido y le ruego que no le diga nada a su mamá. La semana pasada me contó que está pasando por un divorcio y se la veía realmente mal, mal. No tuve valor para confiarle estas impresiones y ahora que las digo en voz alta no quiero que las oiga. Nuestro trabajo a veces se nos va de las manos, para nosotras los niños son más que niños, son seres humanos muy complejos. A veces...

No terminó la frase. ¿Iba a añadir «a veces nos dan miedo»? Me habría resultado tan fácil tranquilizarla, pero habría supuesto una deslealtad hacia Rafael, hacia Lira y hacia mí misma. Su único cometido era cuidarlo, no juzgarlo.

—Por otra parte, cuando sonríe es encantador. Solo me preocupo por él.

Le aseguré que no le comentaría a su mamá nada de nada.

—También creo que no es el momento —dije.

Y, a continuación, se metió en la clase arrastrando unas zapatillas similares a las de los niños y un olor similar al de los niños, y lo sacó andando de la mano.

—Hola, Rafael.

—Hola —contestó él con una voz absolutamente clara, lo que obligó a la profesora a buscar en mí alguna complicidad, que no encontró.

—Vas a sentarte en la silla y vamos a ir a esa calle que tanto te gusta. Te lo prometí.

Se subió solo y se cerró la correa en torno a su cuerpecito con una mínima ayuda. Por fortuna, la profesora no le vio hacer esto. Le di un beso en la frente y él me acarició la mano. ¿Por qué íbamos a empeñarnos en que Rafael se comportara como cualquier otro niño? Quizá los otros también se comportasen más o menos así y nadie se diese cuenta de cuánta información puede perderse entre biberones, pañales, preocupaciones, fiebres, los primeros balbuceos, las primeras palabras, los primeros pasos. La rapidez con que sucede todo nos vuelve sordos y ciegos, o quizá demasiado entusiastas.

Emprendí el camino por la misma calle de siempre y en un momento dado decidí atajar por otra para probar si Rafael se daba cuenta. Y se dio: se volvió hacia mí sorprendido y serio.

—Por aquí llegamos antes —le expliqué.

Eso no lo contentó en absoluto, todo lo contrario; expulsó por primera vez desde hacía semanas del fondo del cerebro la luz vidriosa con la que sabía que me intimidaba.

—¿Qué guardas dentro de esa cabecita? —le pregunté mientras rectificaba el rumbo.

A partir de aquí se relajó contemplando sus escaparates favoritos. La sola existencia de esta calle y estas tiendas parecía tranquilizarlo.

Al llegar frente a la casa y antes de que montase un escándalo, lo saqué de la silla y le di la mano. Subió la escalinata apoyándose en mí y en la barandilla, y el conserje al vernos abrió una de las hojas de cristal desde dentro.

Hizo un breve ejercicio de memoria, sobre todo porque el bebé que recordaba gateaba y este andaba.

—Por favor, ¿adónde van?

—Al piso de Margot Rius, el cuarto B.

—Creo que está de viaje —dijo.

—No, está esperándonos —justifiqué mientras él observaba de mala gana cómo yo resguardaba el carrito bajo las escaleras de mármol, lo que en verdad dotaba de demasiada familiaridad al portal.

Rafael se negó a utilizar el ascensor a pesar de que podía considerarse una atracción, uno de esos ascensores con rejas labradas, espejo y asiento de terciopelo que da un bote brusco en el arranque y la parada.

La mayoría de los escalones los subió gateando, lo que hacía el ascenso bastante más rápido. Se detenía en los descansillos, observaba alrededor y continuaba. Yo lo seguía con la lengua fuera, inquieta porque fuese a caerse. Dejamos atrás el cuarto piso, donde vivía la tal Margot Rius, y se detuvo ante la letra A del quinto. A diferencia de los bufetes y las consultorías, no tenía placa en la puerta. Rafael se puso en pie con la mano apoyada en el marco de la puerta. No cabía duda de que este había sido siempre su objetivo.

Toqué el timbre entre agobiada por la carrera y nerviosa por no saber qué nos esperaba. Abrió una chica de unos diecisiete años. Una larga trenza castaña le resbalaba por el pecho derecho, llevaba pantalones ajustados, un jersey de angora rosa y calcetines gruesos. Nos miró con cierta decepción.

—Vaya, creía que era... ¿Puedo ayudarla en algo?

—No lo sé, para serle sincera, no lo sé —contesté.

La sombreaba el verdor de un árbol a lo lejos. Rafael hizo el amago de entrar y tuve que detenerlo cogiéndolo en brazos.

—Qué niño tan mono —comentó con algo de tristeza—. ¿Cómo te llamas?

Iba a contestarle que aún no hablaba, que decía palabras sueltas, incluso alguna frase, pero Rafael se me adelantó.

—Yo —dijo con esa voz que le salía de otro ser grande y adulto escondido en su ser pequeño y débil—. Yo —repitió, haciendo vacilar a la chica por algo que percibió, y entornó más la puerta, dejando claro que nos despedía.

—Si no quiere nada, estoy ocupada. Adiós, guapo.

Rafael esperaba que la puerta volviera a abrirse y arrancó a gritar. Le cobijé la cara en mi cuello tratando de apaciguarlo y tomé el ascensor para bajar más rápido. Crucé el vestíbulo sin mirar al conserje y lo senté en la silla con un biberón de urgencia que había preparado para imprevistos como este. La rabieta continuó hasta que se quedó dormido.

Agradecí que hiciese frío, un frío benévolo que empañaba la luz y atraía el anochecer.

Si pudiéramos entrar en ese piso, cavilé. Si pudiese observar lo que Rafael miraría y haría en ese piso. Si pudiera hablar con esa chica y quizá con sus padres, a Rafael se le curaría esta obsesión. Y a mí, la obsesión con que un niño tan pequeño, casi un bebé, mantuviese una fijación tan grande por una determinada calle, un determinado portal y un determinado piso.

No quería que se disipara la primera impresión y las sensaciones de aquella puerta entreabierta, el primer encuentro con el destino de Rafael. Fue algo muy importante, incomprensible pero de una importancia extraordinaria, como descubrir vida en Marte. Me senté en una terraza reservada a fumadores con altas estufas de gas para no tener que quitarle el anorak a Rafael y no despertarlo.

No dejaba de pensar en el hecho de que la chica no le fuera extraña. Por eso, cuando le preguntó el nombre, él respondió: «Yo». El niño daba por sentado que ella lo reconocía o debía reconocerlo. O puede que le gustara su aspecto sin más: agradable, con voz maternalmente joven. Diría que la trenza le llamó la atención. Apenas pude atisbar algo del interior: el reflejo del árbol, cuadros en las paredes y la foto, me pareció que de un chico, sobre una de esas mesas etéreas que se llaman *veladores*. Se adivinaba un estilo clásico, por lo que suponía que en ese piso habitaba gente clásica de la zona, y que no era el típico de estudiantes. Esta también podría haber sido una posibilidad: que esta chica compartiese el piso con otras, pero entonces Rafael no le habría contestado «Yo» con tanta seguridad. Otra posibilidad era que me estuviese volviendo loca, no loca de atar, sino que estuviese cayendo en un estado de sugestión profundo como vaticinaba Irene.

Al entrar en el apartamento, subí la calefacción y el niño se despertó, miró alrededor un poco confuso, como un viajero entre dos mundos: el de este apartamento y el de la casa misteriosa, que es más o menos la forma de vivir que tenemos todos entre el sueño y la vigilia, el día y la noche, la juventud y la vejez, el odio y el amor. Era evidente que su cerebro necesitaba descansar de lo que quiera que tuviese dentro, y para ayudarle hice algo proscrito por los padres del mundo entero: le puse dibujos animados en la televisión. Y el salón se llenó de una ligera alegría que nos sosegó.

Cuando Lira llegó, más tarde de lo acordado, Rafael ya estaba bañado y dormido.

—Ha cenado poco —le dije.

—Los niños no necesitan mucho para resistir —añadió ella, con una voz que incitaba a preguntar si todo iba bien.

No caí en la trampa, a todas luces se veía que no iba bien y no quería dedicarle más tiempo a esta familia. «Yo también cuento», me dije, aunque no era verdad; existía alguien que contaba más que yo y que su madre, aunque ella no se diese cuenta.

Lira vino hacia mí y me abrazó.

—Gracias —me susurró al oído.

Olía a haberse tomado, como diría Irene, un lingotazo, aunque pequeño. ¿Cuántos años tendría Lira? ¿Treinta y cinco? Me mordí la lengua para no preguntarle sobre la marcha del divorcio ni del negocio.

Podría cerrar este episodio de mi vida aquí mismo y considerar que me había tomado demasiado en serio el capricho de un niño que no tenía ni un año. Pero lo cierto es que ese capricho era precisamente demasiado reiterativo incluso para alguien mayor. Y aún no podía contarle nada a Irene. Se reiría y haría bromas sin parar.

Necesitaba algo concreto para seguir adelante. Una base fiable. Así que al día siguiente, martes, me vestí de un modo más formal de lo habitual, con el aspecto que imaginé que tendría la empleada de una inmobiliaria

—zapato plano, medias, falda, chaqueta sobre un jersey de cuello alto, abrigo de paño—, y cogí del joyero de Irene las bolitas imitación de perlas. Y, mucho antes de buscar a Rafael en la escuela, me pasé por la casa misteriosa.

El conserje, nada más verme, salió de su escondite.

—Margot del cuarto B no está.

—Qué contrariedad —contesté—. Le dejaré una nota en el buzón.

En el buzón del quinto A había tres nombres, dos de mujer y uno de hombre. Solo el hombre y una tal Lorena compartían el apellido Estévez. Padre e hija. Lorena debía de ser la chica de la trenza que nos abrió el otro día. Me apoyé en un mostrador de mármol antiguo y estaba redactando una nota dirigida a ella, cuando oí una voz a mi espalda.

—Buenos días, soy Margot Rius. El conserje me ha dicho que me busca.

Notó mi sorpresa. No sé por qué el nombre de Margot Rius me sugería una imagen de artista pelirroja y mucho más joven que la que tenía delante, de unos ochenta años y flaca, con el pelo corto y blanco. Sin embargo, es cierto eso que dicen de que un imprevisto puede suponer una pequeña y remota oportunidad.

—Deseo hablar con usted de algo delicado, que seguro la asombrará.

—Tengo todos los seguros del mundo y estoy abonada a todas las ONG del mundo; lo siento —dijo bastante tajante, con una energía que pronosticaba que viviría hasta los cien años.

—No es nada de eso. No quiero venderle nada, ni convencerla de nada —dije.

—Entonces, ¿qué es?

—Me gustaría comprar un piso de este edificio y necesito información antes de lanzarme a hacer una oferta. ¿Le parece que tomemos un café aquí al lado?

Dudó un momento, pero probablemente la cafetería le parecería un lugar más seguro para hablar que su piso, donde podrían robarle, atacarla o tomar nota de dónde guardaría las joyas.

Una vez dentro se despojó del voluminoso plumas, que aleteó hasta un respaldo, y pidió un desayuno inglés que desapareció por arte de magia en su escuálido cuerpo.

—Estoy muy interesada en el quinto A, y un vecino me comentó que usted es la propietaria más veterana y podría informarme sobre sus dueños y el estado de la casa.

No era una pregunta tan comprometida, pero Margot era dura de roer. ¿Qué vecino me había dirigido a ella? No tenía noticia de que los del quinto pensaran vender.

—Lo llevan en secreto —dije—. Con demasiado secreto, a decir verdad.

—Ya, bueno —contestó limpiándose a conciencia los finos labios—. Me tomaría otro café.

Yo también me pedí otro, esperando esa información de oro que estaba costándome un ojo de la cara.

—Me has visto vieja y has pensado que soy la más antigua de la casa. Pues solo llevo aquí treinta años; los hay que llevan sesenta y, si me apuras, setenta. Pero te diría que te conviene más mi piso que ese.

Abrí tanto los ojos que me picaban.

—Mi marido lo heredó de un tío suyo muy rico y, al divorciarnos, me quedé con él. He vivido aquí como una reina; entre sus paredes hay muy buenas vibraciones, armonía. Pero ha llegado la hora de retirarme a una residencia de esas modernas en las que vives a tu aire y un médico te vigila día y noche. Odio morirme.

Después del café, se pidió una botella de agua, y la factura seguía subiendo.

—Lo mejor que hice en mi vida fue casarme con ese tonto.

Pensé que a Lira no le vendría mal una conversación con Margot sobre maridos. Me pregunté con el cerebro pequeño, el que se esconde detrás de los miles de millones de neuronas del cerebro grande, si habría tenido hijos y si habría trabajado alguna vez. Llevaba un collar de perlas con algo como un brillante oscilando sobre las clavículas.

—Cuando habla de vibraciones y armonía, ¿quiere decir que el quinto A carece de ellas?

—Vibraciones muy negativas, oscuras, mucho dolor; en fin, una tragedia.

De pronto, el capricho de Rafael iba tomando tintes demasiado reales, por lo que podría haber llegado el momento de romper con todo esto y no saber más.

Hasta ahora, en mi vida no había existido nada que pudiera calificarse de muy oscuro o trágico. Mis abuelos habían muerto casi a la edad de Margot, a mi padre lo operaron del corazón con resultado feliz, el drama de mi hermana consistía en que no tenía éxito con los hombres, y el mío, en que las oposiciones no me interesaban.

La perspicaz mirada de Margot emergía de unos ojos que no necesitaban gafas de cerca ni de lejos. También su dentadura parecía propia y cuidada. Todo hacía pensar que los órganos internos se mantendrían en el mismo buen estado.

—No hace mucho que ocurrió —dijo—. Hace cosa de año y medio desapareció un chico de quince años. Se llamaba Hugo; su hermana Lorena aún vive en el piso. Los padres van y vienen a una mansión en la playa de esas que tienen el nombre de la dueña, Villa Luisa o algo así. No sé cómo lo soportan, cuando uno está mal de ánimo se lleva mejor vivir en un sitio feo, sobre todo después del desenlace. Un horror. A los pocos meses de la desaparición encontraron su cadáver en un estado... Ya apenas se habla de ello.

Era su opinión, una para tener en cuenta. A Margot, de pronto, ya no la veía como una anciana. El plumas sobrevoló el collar de perlas y echó a andar junto a mí. Le dije que, de todos modos, le haría una visita a Lorena.

Me abrió la puerta bostezando. Era la una de la tarde y estaba en pijama y con la trenza un tanto revuelta, como si no hubiese pasado el tiempo desde la última vez que la vi. El mismo jersey de angora rosa y los calcetines gruesos. Y, como esa vez, se sorprendió al verme y buscó al niño detrás de mí.

—Perdona —dije—. No sé si me recuerdas del otro día. El niño, ya sabes, no me dejó hablar contigo. Quería hacerte una oferta.

—¿A mí?

Estaba lógicamente desconcertada y no soltaba la puerta para que entrara.

—Es por el piso. Mi inmobiliaria está muy interesada en comprarlo por una millonada.

—No se nos ha pasado por la cabeza —dijo, abriendo la puerta por fin y empezando a andar por el pasillo. Yo la seguía.

—Si te soy sincera, el objetivo de la inmobiliaria es hacerse con todo el edificio. Tenemos entendido que el vecindario es bastante mayor. Hace un rato he estado hablando con Margot Rius, del cuarto B. También nos interesa su casa, pero quiero que mis jefes se fijen antes en la tuya. Si hacen una buena oferta, prefiero que sea para ti. El artesonado es antiguo, ¿verdad?

Lorena se derrumbó en el sofá.

—Sí, es antiguo, no me importaría mandarlo a la mierda.

—Pues esta sería una gran ocasión. Haré como que no he oído que te viene bien vender y pediremos lo máximo. Entiendo que tus padres son los propietarios.

—Soy yo. La he heredado de mis abuelos. O era para mi hermano o era para mí. Mi hermano murió. Es ese —dijo señalando la foto sobre el velador de un chico intentando sonreír, que ya había entrevisto antes.

—Lo siento —dije, impresionada por la claridad y contundencia de la frase—. La verdad es que con ese dinero podrías irte de viaje, dar la vuelta al mundo; algo de jóvenes, quiero decir. —Y añadí—: Si te parece bien, haría una valoración previa. Tardaría poco y no tendría que volver a molestarte.

—Puedes ir echando una ojeada mientras preparo café. No he desayunado ni comido.

Trajinaba con tanta lentitud en la cocina que aproveché para hacer fotos y vídeos de todo lo que pude, sobre todo del salón y algo de las habitaciones.

El piso era sólido, de una época en que lo bueno duraba toda la vida. Los muebles eran como de anticuario caro, con pinta de haber estado muy relucientes en otro tiempo, y lo mismo podía decirse de las alfombras y las lámparas. La cristalería en una vitrina iba apagándose poco a poco. Los armarios de los dormitorios llegaban al techo y estaban labrados a conciencia, una auténtica maravilla, obras de artesanía que costarían un ojo de la cara. Cortinas venecianas con algo de polvo y muchos objetos en las estanterías. Cogí uno al azar y lo guardé en el bolso. Fuera llovía, enormes lagrimones pastosos corrían por las ventanas y por otro mundo invisible.

Cuando llegó con el café, me excusé por tener que marcharme deprisa. Quedé en regresar en otro momento con más calma. Ella echó un vistazo a las estanterías. O no se dio cuenta, o no le importó que me llevase algo. Pero más llamativo era el hecho de que el primer heredero fuese el nieto y no la nieta mayor, ni su padre. Un padre orgulloso y humillado al mismo tiempo, supuse. Y también supuse que a los abuelos no se les pasaría por la cabeza que fuesen a morir tan pronto y que habrían planeado un gran futuro para el chico.

Al recoger a Rafael en el jardín de infancia, no esperé a que me montara el pollo de siempre. Lo senté en la silla, saqué el objeto del bolso y se lo ofrecí. Comprendió que era una operación de distracción y le dio un manotazo. A veces su pequeña mano, en cuanto a fuerza, era una mano grande. Luego lo observó detenidamente y cerró los ojos. Yo ni siquiera sabía lo que me había llevado; ahora me daba cuenta de que se trataba de un elefante de marfil, a todas luces antiguo, de cuando el marfil no estaba prohibido. Aprovechando su perplejidad, inicié el camino a casa.

El viento procedente de la sierra norte nos azotaba y se le enrojecían las manos, así que se las tapé junto con el elefante con una manta confeccionada con fibras de bambú, el tipo de tejido preferido de Lira y Leonardo, pero Rafael la retiró de dos patadas. El elefante empezaba a fascinarlo, lo cual no resultaba extraño; era como un juguete de antes de que se inventara el plástico. La cuestión era que no jugaba con él, se limitaba a mirarlo y a pasarle la mano por encima. De vez en cuando me inclinaba hacia él y lo sorprendía con los ojos cerrados, ¿meditando? Para que no se lo clavara dormido, intentaba arrancárselo. Entonces despertaba y lo agarraba con fuerza.

En casa se bañó con él y se lo colocó enfrente mientras se tomaba un yogur. Luego se sentó en el suelo contemplándolo. Solo una vez se volvió hacia mí y dijo: «Es mío», lo que no significaba gran cosa —era una frase que circulaba mucho en el patio de la escuela—, de no ser por el tono de voz que empleó, algo ronco.

Mientras él jugaba y la calma era propicia para leerme un tema, me dediqué a buscar en internet alguna noticia sobre la desaparición de Hugo Estévez cuando aún no habían descubierto su cadáver. No encontraba nada; no todas las desapariciones o muertes saltan a los medios.

Además, al principio no daría la impresión de ser una desaparición y cuando llegasen a la conclusión de que lo era, la noticia ya habría envejecido y el hallazgo del cadáver tiempo después se consideraría una consecuencia del olvido.

De Lorena, sin embargo, sí saltaban algunas fotos aquí y allá, no colgadas por ella, sino por amigos. Lorena en la playa jugando al voleibol, en una fiesta y ella sola sin posar, tomada un poco a traición. No dejaba de ser raro que una chica de su edad no disfrutase de redes sociales.

Lira me dio las gracias por el elefante, al que Rafael se había dormido abrazado.

—Nos lo hemos encontrado en el parque —le expliqué, lo que no le pareció raro. Solo le parecía raro lo que le ocurría a ella.

—Por fin hoy Leonardo ha vendido un piso —murmuró acunando a su hijo—. Pase lo que pase, necesitamos ingresos. En tres meses tenemos una vista en el juzgado. Nunca me habría esperado algo así.

Me despedí con cierto remordimiento por abandonarla y ella lo notó.

—Eres un cielo, un ángel —dijo—. Ahí está el bolso y es fin de mes, coge el dinero.

De todos los juguetes que en este tiempo le habían comprado a Rafael, juguetes caros y bonitos, solo se había abrazado al elefante. ¿Podría tratarse de pura casualidad?

—Abrígate —gritó Lira desde el sofá.

Vaya invierno. La gente se quejaba del frío y la lluvia, y cundía el temor de que cayera aguanieve con los consabidos resbalones, resfriados, traspiés y toda la torpeza posible de cargar abrigos y paraguas. A mí, en cambio, me gustaba más que el calor. El frío me despejaba. Riachuelos de frío, a ser posible helado, limpiándome todos los recovecos y planicies, bosques y montañas de la cabeza. Y creo que de alguna manera este gusto se lo contagié a Rafael, que se arrancaba el gorro y la mantita de fibras de bambú para sentir el viento. En consecuencia, tuve que llevarlo a urgencias porque le dolía un oído. Lo tenía en carne viva y le diagnosticaron una fuerte infección, debía tomar antibiótico y permanecer tranquilo en casa. En ocasiones se quejaba, pero el contacto con el elefante lo aliviaba. Me pasaba con él desde la mañana hasta la noche, en la calma y el recogimiento del hogar. Pude estudiarme varios temas y una vez, como distracción, eché un vistazo a los armarios. Aún colgaban algunas chaquetas y pantalones Lacoste de Leonardo, que cualquier otra mujer habría tirado a la basura. Y en otro armario, la ropa apretada de Lira con bolsos y zapatos también apretados, en donde no indagué por pura pereza. La justificación de no hacer uso del armario de Leonardo para sus cosas sería objeto de muchas horas de tediosa conversación con ella. Jamás le haría el más mínimo comentario.

Durante la larga semana sin salir a la calle, Rafael hizo varios avances significativos: le enseñé a decir la palabra «fante» por «elefante». Y, unida a la palabra «fante», él añadía «mi mamá». Así que cuando Lira llegaba por la tarde, siempre muerta según ella, la animaba a jugar un poco con Rafael y el elefante. Ella exclamaba un «Es muy bonito» y se marchaba a ducharse, cuando no a bañarse durante horas con espuma y velas.

Otro avance que hizo fue andar muy derecho y correr de un lado a otro del salón. Creció unos tres centímetros. Y las palabras y algunas frases iban brotando de forma espontánea: pelo, hoja, se ha caído, boca, no quiero, ayuda. Empezó a pedir «ayuda» sin venir a cuento. Probablemente cuando jugaba en el patio de la escuela era la señal que utilizaban los niños más mayores para bajar de algún sitio. «¿Se acaba alguna vez de necesitar ayuda?», me preguntaba, y al mismo tiempo no dejaba de pensar que estaría bien hacerme con algún objeto más del piso de Lorena —más corriente, no tan bonito—, y comprobar cómo reaccionaba Rafael.

Un día mi hermana Irene se empeñó en acercarse a buscarme a eso de las siete para tomar una pizza en Il Trovatore, que era lo máximo que podíamos permitirnos, pues dependíamos sobre todo de los diseños que le encargaban a ella y de lo poco que ganaba con mi trabajo de cuidadora de Rafael. Aunque lo más probable es que le picase la curiosidad por ver a Lira, al niño y el agujero oscuro que ella se imaginaba. Le advertí que la casa olía a niño, un olor que según ella le traía amargos recuerdos, cuyo porqué habría requerido demasiadas preguntas y explicaciones. Prefería no saber por ella, sino por nuestra madre, que había tenido problemas con el pis hasta una edad un tanto tardía, por lo que aquel olor penetrante a mojado de la cama, del pijama y de la propia habitación la había perseguido toda la vida y rechazaba a cualquier ser que se lo recordara. Por mi parte, temí que rompiese el hechizo en que estábamos sumergidos Rafael, yo e incluso Lira sin ella saberlo. No pude hacer nada por evitar que tocase el videoportero y subiese.

—No huele tanto —comentó nada más entrar—. Menudo chabolo. Que no sea tonta y se lo quede.

Rafael la miró con agrado y le enseñó su elefante, pero sin consentirle que lo tocara.

—Es un niño muy mono. ¿Qué más sabe hacer?

Rafael no dejó la pregunta en el aire, realizó todas las piruetas que conocía, transportó una silla de un lado a otro, se subió encima de la mesa, se rio cuando le pareció que Irene decía algo gracioso. Ejecutó todas sus órdenes, quería caerle bien. Consintió que lo abrazara y lo besara y que le diera la cena con una cuchara, cuando él comía solo.

—Qué niño más maravilloso —exclamó—. No me extraña que te sorba el seso.

La apoteosis explotó con la llegada de Lira. Al saber que era mi hermana, la estrechó entre sus brazos y abrió una botella de champán.

—Por lo menos, una copa antes de que os vayáis.

Y entonces Rafael se acercó a Irene y le dijo «No te vayas», con la voz que salía en los momentos críticos y sobre la que los oídos de ellas pasaron de puntillas.

Mientras nos tomábamos la copa, que fueron dos, Lira le abrió su corazón a Irene y le contó el trance por el que estaba pasando con su marido, que ya vivía con una fulana de la inmobiliaria con la que, tras el divorcio, tendría que compartir a su hijo.

—No quiero que me oiga —dijo tapándole los oídos a Rafael—: lo entiende todo.

Con la copa en los labios, sonrió llorando. Le cogió la mano a Irene:

—Por favor, ven a vernos; eres una belleza.

Tuve que sacarla a rastras de allí.

—Ahora lo entiendo todo. Me habría tomado otra copa. Me han embrujado.

Durante la cena, que consistió en una porción de pizza pepperoni para cada una, hablamos del problema de la pobre Lira y de lo encantadora que era y lo listo que era Rafael.

—A veces por cómo mira parece muy mayor, no un niño mayor de su edad, sino una persona mayor —dijo.

Era cierto, parecía que hubiesen implantado la mirada de un adulto en sus ojos de niño. Eran azules, aunque las pestañas creaban una sombra adicional de negrura, con unas leves pero permanentes ojeras hundidas heredadas de su padre, que le daban un aire muy profundo.

—Este niño es mucho más de lo que parece. Si yo te contara... —le dije.

Pero Irene estaba simplemente entusiasmada con la teatralidad de Lira y que el niño no oliese a bebé.

Cuando al cabo de una semana, con el oído curado, regresó a la escuela infantil, su profesora notó el cambio.

—Se ha espabilado mucho, dentro de nada le sobrará el pañal. Hoy ha contado hasta tres.

A pesar de que, por supuesto, me sentía orgullosa de él, estos acelerones me sobresaltaban: en poco tiempo no podría manejarlo. Ya no iba en la silla, sino pisando charcos y cruzando a todo correr las calles. Tenía que encargarme de la silla con una mano y de él con la otra.

La profesora también me advirtió que podría hacerse daño con la trompa del elefante.

—No es un juguete normal —dijo.

Tenía toda la razón y nos marchamos. Pero me había dado una idea y no forcejeé con Rafael en su intento de ir a la casa misteriosa, lo que él agradeció satisfecho, subiéndose a la silla.

El conserje ya nos conocía y no nos puso trabas. Nos abrió Lorena con aspecto de no haber salido de allí en varios días. Las cortinas venecianas estaban echadas a pesar del viento gris que oscurecía la calle.

—¿Ha llovido? —preguntó.

—Está a punto. Vengo a decirte dos cosas.

—¿Una buena y otra mala? —replicó con el cansancio de a quien esa frase le tocaba las narices.

—Las dos buenas: mi inmobiliaria está haciendo la valoración de la que hablamos. ¿Podrías darnos cita para la semana que viene?

Rafael observaba con fijeza a la chica. Llevaba el elefante en la mano.

—La otra cosa es que el otro día me llevé este elefante y quería devolvértelo. Lo hice sin darme cuenta. Estaba acariciando su suavidad y, al despedirnos, me encontraba tan centrada en la conversación que me di cuenta de que lo tenía en la mano ya en el portal. Pero el niño lo vio y ahora no se separa de él.

—Enseguida vi que faltaba. No creas que soy tonta. Si tanto te gusta como para robarlo, puedes quedártelo.

—No, no quiero quedármelo, de verdad. Además, el marfil está prohibido, fuera del mercado.

—Precisamente por eso, ese elefante vale una pasta —concluyó.

Una cosa llevó a otra y nos enzarzamos en una discusión sobre el mercado negro del marfil y la preservación de los elefantes y de todos los animales del planeta. Entretanto, Rafael daba vueltas por el salón. Colocó el elefante en el lugar de donde yo lo había cogido, lo que significaba que conocía su ubicación, y giró una pequeña copa plateada tipo trofeo. Se la llevó a Lorena y le mostró una placa. Ponía PRIMER PREMIO. A Lorena no le hizo mucha gracia ver la copa y la devolvió a su sitio.

—Mira —le dijo a Rafael mostrándole un zapato de cerámica—. Puedes quedártelo.

Rafael no hizo caso, metió medio cuerpo debajo del aparador y sacó un diminuto trozo de cerámica que parecía una manita, algo que le causó bastante impresión, y un cuaderno o una agenda de tapas marrones con polvo y pelusas pegadas, que inmediatamente abrazó contra el pecho, y que Lorena le arrebató con toda la suavidad que pudo. Lo ojeó con curiosidad.

—Es la letra de mi abuela —dijo, y lo guardó en el cajón de uno de los historiados muebles que se apretaban contra las paredes con jarrones chinos encima.

Por mi parte, escrutaba alrededor por si encontraba cualquier objeto que sugiriese algo. Y yo qué sabía. A Rafael se le llenaron los ojos de lágrimas y le temblaba la barbilla, estaba a punto de explotar.

—Lo siento, nos marchamos antes de que le dé uno

de sus berrinches. Te hemos estropeado el desayuno o la comida o la merienda.

Como reacción, en gratitud por dejarla en paz, le entregó el trofeo a Rafael:

—Esto parece que te gusta, y aquí estorba.

El niño lo apretó contra el pecho y se calmó.

—La inmobiliaria puede hacerte también un precio por los muebles —dije ya desde el descansillo.

—Eso estaría bien —respondió pensativa.

El trofeo acabó revuelto con otros juguetes en un capazo de fondo insondable. En ese momento no se me ocurrió que Lira debiera verlo. Sus intereses estaban cada vez más lejos de estas minucias.

Durante los tres meses previstos hasta el divorcio, Leonardo estuvo ausente físicamente y Lira abstraída con aroma a ginebra y ataques de mala conciencia por no estar centrada al cien por cien en su hijo. La situación destilaba una amargura de posguerra, entendiendo los hogares de posguerra como los más amargos de la historia de la humanidad, mientras iba calando gota a gota en la tierna memoria de su hijo. Y a veces pensaba que lo que le ocurría a Rafael, fuera lo que fuese, era una bendición que su mente creó para frenar la tristeza antes de que no hubiese vuelta atrás y de adulto no acertase a averiguar por qué, de pronto sin motivo conocido, se venía abajo y lo invadía una inexplicable congoja.

Y finalmente el amenazante y negro nubarrón pendiente sobre sus cabezas, y de forma indirecta también sobre la mía, descargó con fuerza: el divorcio había llegado.

En casa se presentaron Lira y Leonardo con muy distinto aspecto: ella sudaba y se ahogaba al hablar; él había adelgazado y exhibía un corte de pelo de futbolista. No la miraba, se había acercado solo para ver a su hijo. Se haría cargo de él durante las vacaciones y fines de semana alternos. Me lo comunicó como si ella no estuviera presente.

—No me parece justo tener que compartir a mi hijo —añadió—, pero cuento contigo para que me pongas al corriente de sus progresos y de cualquier cosa que le suceda.

Asentí solo con la cabeza, con la sensación de que estaba traicionando a Lira y temiendo que él también requiriese mis servicios cuando le tocase el turno de su hijo.

A Irene la noticia la alteró de forma sorprendente, teniendo en cuenta lo poco que conocía a Lira y la adversa opinión que hasta hace nada le había ofrecido la familia. Solo se habían visto una vez, una vez rebosante de *feeling*, desde luego, pero no lo suficiente para arrancar la gabardina del perchero y anunciar que se marchaba a consolarla.

Regresó a medianoche, echando pestes de Leonardo y de alguna manera reprochándome que no le dejase claro que su comportamiento hacia Lira era repulsivo.

—A los tipos así, ni agua —sentenció mientras yo intentaba no perder el hilo de la serie que estaba viendo y, al tiempo, afianzarme en la idea de que Irene jamás debería saber lo que le ocurría a Rafael.

Si lo pensaba bien, no era la primera vez que se encaprichaba de alguna de mis amistades o de mis películas favoritas o de los libros que leía o de un abrigo recién comprado después de despreciarlos. Los típicos celos entre hermanas, entre seres demasiado unidos por nudos invisibles difíciles de deshacer. Y todo se lo perdonaba por lo mucho que se esforzaba para que sobreviviéramos económicamente y por ser yo una de las pocas personas que lo sabía casi todo sobre ella y ella sobre mí. Le perdoné que, a mis espaldas, embaucara a mi mejor amigo de la universidad para que la enseñara a conducir y casi lo meten en la cárcel por permitirle a Irene llevar el coche sin carnet y atropellar un perro en la carretera. ¿Por qué un amigo mío, por qué no uno suyo? ¿Por qué tenía que cogerme a escondidas mi abrigo de lana de camello si decía que le daba repelús? Pero el salto del odio al amor nunca había sido tan rotundo como con Lira. Y concluyó:

—Ese niño va a traerle problemas, te lo digo yo.

En Semana Santa, el padre de Rafael me rogó que los acompañara a la playa. Me pagaría el doble y tendría una habitación para mí sola con vistas al mar, pensión completa en el hotel.

«¿Por qué no?», me dije. Todo eran ventajas, y así no perdería de vista los cambios y avances del niño. Por nada del mundo querría, al regresar de aquellos diez días, no saber cómo tratarlo ni qué nuevas cosas tenía en la cabeza. También temía que con un nuevo brote de desarrollo se olvidase de la calle y la casa misteriosas, porque algo significaban, porque de algo quería alertarnos el cerebro pequeño escondido en el cerebro grande y que, cuando el cerebro grande se expandiera tanto que aplastase al pequeño, eso tan importante ahora para él desapareciese para siempre.

Durante el viaje, Rafael amplió su vocabulario y hablaba con más claridad. Y, aunque era tan pequeño, mostraba emociones refinadas como la melancolía. A veces sacaba del fondo del capazo el trofeo que le regaló Lorena y se quedaba mirándolo o a algún punto en la lejanía, como si tuviera pensamientos complejos, y luego volvía a esconderlo.

Estábamos en un hotel spa de lujo, con una piscina que me obligaba a no quitarle ojo a Rafael. Yo me encargaba del niño, como siempre, y Leonardo de Violeta, su novia, una chica de mi edad. Todo muy tópico. Todo lo que rodeaba a Rafael era muy tópico, menos él. Mejor. Ya soportaba bastante misterio con él mismo.

Me desagradaba ver a Leonardo sobando a su novia y a su novia besuqueándolo; me hacían acordarme de Lira y de su propio hijo, aunque este estuviese presente y no reparase en ellos. Me daba un poco de vergüenza porque lo había visto en el apartamento en mallas, camiseta y zapatillas de correr, sin prestar atención a Lira ni al niño, y ahora lo veía en mangas de camisa, bronceado y riéndose y besando y absolutamente feliz.

Violeta era insensible a Rafael y a mí, no creía que debiera agradarnos ni tenernos en cuenta, tampoco nos esquivaba ni parecía que la importunáramos; consideraba que cada uno desarrollaba un papel bien definido en el grupo. En la mesa, ella se situaba a la derecha de Leonardo, y nosotros, a su izquierda. Ellos y nosotros en dos películas diferentes. Y, a partir del tercer día, Rafael y yo comíamos y cenábamos por nuestra cuenta en el bufé del hotel.

Rafael llamaba «papi» a su padre, pero no le echaba apenas de menos cuando nos quedábamos solos, como si no ocupase un sitio claro en el pequeño cerebro del gran cerebro. A ella la besaba cuando se lo ordenaba su padre y le decía adiós con la manita, incluso le mandaba algún beso volado, aunque ni por asomo Violeta había entrado en su cabeza.

En el fondo, me halagaba conocerlo tan bien; me halagaba que a mí no me mandase ninguno de aquellos besos de trámite ni que me saludara con la manita. Nuestra relación era seria, formal, sin tonterías.

Enseguida trasladamos su cuna a mi habitación y veía conmigo la televisión hasta que se dormía, algo que su padre nos tenía prohibido: que el niño viera la televisión.

—No se lo diremos a papi, ¿verdad? —decía yo.

Él no contestaba y yo sabía que estaba muy mal establecer secretos con niños a espaldas de los padres, pero ¿es que había algo que estuviera completamente bien en las relaciones de todos nosotros? También su padre le había dicho: «Irás a la habitación de Alicia, pero no se lo digas a mamá». Aunque se lo dijera riendo, no dejaba de ser otro secreto más en el entramado de recuerdos de Rafael.

A la vuelta de las vacaciones nos esperaba una más que ansiosa Lira por conocer detalles de Leonardo y Violeta. Atendió nerviosa a las aventuras de Rafael en el mar, los montones de arena apilados en la playa, lo bonito que era todo, el pescado que había comido, los batidos de frutas. Un enjambre de palabras a la espera de algo interesante de verdad. Y no la dejé con las ganas.

—Tiene veinte años, una melena larga y muy lisa, negra, y está muy morena. Él ha rejuvenecido mucho y no se separa de ella.

Era mejor así. Si tenía que deprimirse, que se deprimiera ya. Hizo un gesto de abatimiento y se desplomó en un sillón, agarrada a los brazos igual que un astronauta perdido en el espacio.

Le informé de que necesitaba dos días para recuperarme de la intensidad de las vacaciones y que así ella podría disfrutar más de su hijo. Desde la puerta le dije adiós a Rafael y él me contestó «Adiós».

Irene se preocupó por Lira y comentó que iría a verla algún día.

—Es una mujer fantástica. Está perdiendo el tiempo al no pasar página con ese. Llevaré una botella de champán; parece que le gusta.

Tras esta visita de Irene a Lira, puede que se produjesen otras de las que no me enteré ni querría enterarme; la información solía ser una carga extra. Si a lo que uno sabía por sí mismo, se añadía lo que sabían los demás, las cosas más que aclararse podían enredarse hasta el infinito. Todas las comedias de enredo estaban basadas en un exceso de información de parte de unos y otros personajes. Y la llamada «desinformación» estaba basada en la información, y la ansiedad también procedía de ahí, así que opté por apartar de mi mente cualquier información que pudiesen compartir Irene y Lira. Además, juraría que Lira se centraría en el amargo trance de su divorcio, en la amarga Violeta y en la amarga perspectiva de su futuro.

No es que no fuera importante la crisis que estaba sufriendo Lira, el divorcio y todo eso, pero no era extraordinario ni interesante: era más de lo mismo. Yo deseaba que el niño pudiera hablar algo más y me contara el porqué de la misteriosa casa, el misterioso elefante y el misterioso trofeo. Él tampoco parecía poner mucho interés en el drama de sus padres; su cabecita la ocupaban otras cosas, y yo no pensaba abandonarlo. Me tendría cogiéndolo de la mano, alzándolo en brazos, bañándolo y dándole de comer para que continuara descubriendo eso que tenía que descubrir.

Lira contó muchas veces la aventura del parto de Rafael, cómo lo trajo al mundo ella sola y lo sacó con sus propias manos y no sabía cómo cortar el cordón umbilical. Eran las seis de la tarde de un veinte de enero, cuando por lo general las farolas empezaban a darle un tono anaranjado a la calle y los abrigos largos y las gruesas bufandas pasaban como sombras. El caso es que cuando Leonardo salía a correr no se llevaba las llaves porque ella estaba en casa. Menos mal que sí se colgaba el móvil al cuello y, al tocar el videoportero varias veces sin respuesta, empezó a preocuparse y llamó a una ambulancia y a los bomberos. Nunca había visto Lira a Leonardo tan desesperado, lo que consideró la inquebrantable confirmación de su amor por ella.

—Aunque es increíble —solía añadir—, porque me dio la impresión de que no estaba sola del todo, de que el propio Rafael me ayudaba empujando con todas sus fuerzas, y no llegué a sentirme aterrada ni angustiada. Fue un milagro.

SEGUNDA PARTE

Se me quedan mirando y me veo. Son dos hombres con chalecos amarillos de tiras reflectantes entre sorprendidos y aterrados.

—Es espeluznante —dice uno.

—A mí es la primera vez que me ocurre —agrega con voz más fina el otro, que se aparta un poco para vomitar. Se mancha la punta de una bota gruesa de trabajo y la restriega sobre verduras podridas y cáscaras de huevo.

Una de mis piernas sobresale entre basura apelmazada todavía sin clasificar. Me habría gustado que fuese una pierna más musculosa, pero nunca fui deportista. Jugaba al fútbol de vez en cuando, a la fuerza, y montaba en bici sin entusiasmo.

Los hombres, que deben de ser lo que ahora llaman «recolectores de residuos», comentan, buscando alrededor, que no ven la otra pierna. Yo tampoco la veo. Me veo la cara porque el de la voz más fina la observa con mucha atención, incluso ha bajado tanto la suya hacia mí que me sobresaltan mis ojos muy abiertos contemplando el cielo y una bandada de pájaros, que seguramente están emigrando al sur. Luego aún es invierno y por eso no me he fundido con los desechos.

—Parece que le hayan arrancado de cuajo algunos miembros —suelta el de la voz menos fina, diría que de mayor edad—. ¿Le cerramos los ojos?

Se produce una pequeña discusión en torno a esta pregunta.

—Puede que lo haya desmembrado la propia pala del camión. Parece joven. Unos trece, ¿verdad?

Más de trece, me gustaría corregirles. Creo que he tenido quince y que siempre he aparentado menos.

—La policía ordena que la esperemos.

Tengo la cara deformada y sucia, no irreconocible, pero no como siento que es mi cara, más bien delgada y pálida. Un melindres, decía siempre mi madre de niño. Debilucho, delgaducho, enfermizo, endeble.

Llega un momento en que los recolectores de residuos dejan de mirarme y ya no me veo. Hay bastante ruido, conversaciones cruzadas. Por un párpado entreabierto distingo una tela blanca, luces parpadeantes y el fuerte destello de una linterna pequeña.

—Se observan equimosis, petequias y un evidente inicio de saponificación —dice alguien—. Ha muerto o lo han matado en otro lugar y después un camión de la basura lo ha traído hasta aquí. Hay que seguir buscando el resto del cuerpo.

¿Me han matado? El que ha hablado debe de ser el forense. Estoy acostumbrado a oír cosas así en las series de crímenes. ¿Cómo iba a imaginar entonces que algún día yo sería el cadáver? El párpado ha caído y desaparezco.

Creo que se han confundido, no estoy muerto. Si estuviera muerto, no podría pensar, ni verlos, no podría sentir nada. Y además creo que esos miembros esparcidos por ahí no son míos. En un vertedero puede encontrarse de todo. Estoy aquí por casualidad, quizá me subí al camión de la basura sin darme cuenta o los empleados me invitaron a subir. Soy curioso, me interesa cómo funcionan las cosas y soy el encargado todas las noches de llevar las bolsas negras con desperdicios orgánicos y las amarillas con envases a los contenedores que están a unos trescientos metros de casa. Antes, en vida de mis abuelos, se encargaba de esa tarea el conserje, pero luego, cuando nosotros ocupamos el piso, se negó. Exigía un incentivo o algo así y mis padres no accedieron porque era algo que podría hacer yo. «Que lo lleve el principito», solía decir mamá. Y papá la apoyaba: «Sí, que lo lleve Hugo».

Las últimas sobras las echábamos en los cubos a eso de las doce, cuando alguien acababa de comerse una fruta o un yogur, y el camión pasaba a la una, por lo que me daba tiempo a hacer los deberes y estudiar con calma. Soy un chico disciplinado y estudioso, eso lo sé, lo noto dentro de lo que soy ahora, si es que de verdad no existo en el plano físico. Lo sé. No me importaba cargar con una enorme bolsa negra y una enorme bolsa amarilla —porque solíamos esperar dos días hasta que se llenaban— y, a decir verdad, consumíamos mucho. No yo, que me encontraba siempre desganado y por eso soy enclenque y debilucho como me reprochaba mamá para reprocharme algo más: que yo sea el único hijo biológico de papá y ella, mientras que mi hermana mayor, Lorena, ya había nacido cuando se casaron fruto de un «mal tropiezo», solía decir mamá. Y, aun aquí tirado y esparcido, la palabra «tropiezo» me persigue como si fuera el culpable de todo esto.

Le ruego al de la bata y el gorro verdes que me escuche, pero está tan distraído con sus teorías sobre mi muerte que tengo que gritarle. Le grito y continúa igual, nadie me oye y cuando me miran no me miran para que también los mire, sino que me miran como miraba yo las berenjenas o los tomates cuando mamá me mandaba a la frutería.

—Pobre chaval —dice alguien que anda de un lado para otro por lo que debe de ser una sala; han debido de trasladarme desde el vertedero hasta una especie de hospital o tanatorio y no me he enterado.

No sé qué habrán dicho de mí durante el camino, quizá nada, como cuando mi tutora en el colegio hablaba a puerta cerrada con mis padres. Si plantase la cara delante de la mía podría verlo y describirlo, pero seguramente no desea pasar un mal rato.

Poco a poco voy comprendiendo que solo existo si me miran, igual que les pasa a las infinitesimales partículas de las que nos habla el profe de Física. Lo entiendo cuando ya no hay remedio.

—Hay que meterlo en el frigorífico. Si la brigada de lo criminal necesita echarle un vistazo, lo sacamos —dice uno.

Y las conversaciones empiezan a cruzarse de nuevo.

—Habrá que avisar a la familia cuando logremos identificarlo.

—Hombre, cómo no vamos a identificarlo. Está internet, está la televisión; no parece un chico sin familia.

—¿Por qué lo sabes?

—Por la ropa: un Lacoste, en la pierna entera una zapatilla Nike, unos Levi's. En un bolsillo se conserva un abono del Auditórium, en el que pone «Hugo Estévez».

El tonillo de voz de este último suena a que soy un mimado de la leche y a que a veces a los mimados nos pasan estas cosas. Si no cargase con tantas marcas encima le caería mejor, pero mamá cuida mucho la apariencia. «El primer golpe de vista es el que vale», suele decir para que me corte el pelo cada quince días. El barbero se llama Mustafá y me obliga a comerme un pastelillo de pistachos. Seguro que me echa de menos.

Veo planear sobre mí una sábana verde, el color de la hierba, el mar y los árboles.

Estoy en una foto y una chica me mira. Sé que ese soy yo y que me da el sol en los ojos y parece que sonrío al entrecerrarlos, aun así logro verla: pelo castaño casi rubio y ojos también castaños tirando a negros, a veces casi verdes. Contrae la cara para llorar, pero no puede, siente algo más profundo que la pena y me da lástima. Es mi hermana Lorena y si me pudiese oír le diría: «No bebas, no te drogues, no te vayas con cualquiera, no hace falta que olvides, no pasa nada». Si pudiera leerlo en mis ojos entrecerrados. Ahora me doy cuenta de que cuando Brigitte me sacó esa foto mi mente guardaba lo que ahora pienso, quería transmitírselo, quería aliviar el sufrimiento futuro de ahora.

—Lo siento —me dice en voz baja.

Lleva un vestido rosa y una mujer se acerca a ella y la coge de un brazo.

—Te dije que te vistieras de negro. ¿Te parece normal ponerte un vestido rosa en el entierro de tu hermano?

La reconozco muy bien, es mamá.

La palabra «entierro» me estremece. Hasta ahora he jugado con la esperanza de que algún hechizo me haya invisibilizado, de que estén todos medio ciegos, de que haya ocurrido uno de esos fenómenos inexplicables que como vienen se van. Sin embargo, un entierro no tiene vuelta atrás, es el fin cerrado con candado.

Mi foto debe de estar colocada sobre el velador de nogal desde el que se divisa todo el salón de nuestro último piso. La gente circula y me observa y bebe y come. Mamá ha tirado la casa por la ventana, hay canapés de sucedáneo de caviar. A papá no puedo verlo porque no me mira, estará llorando sentado en su sillón de piel de ternera. Desde que vivimos en este piso es su refugio favorito. Porque tiene unas orejeras muy grandes y se acurruca dentro. Algunos días se los ha pasado ahí metido sin que nos enterásemos.

—Por fin la familia puede dejar de buscarlo y descansar —dice Margot Rius, la vecina del cuarto B.

Su piso da al jardín interior del edificio y no le gusta que juguemos al fútbol ahí, lo que le agradezco mucho, porque a mí tampoco me gusta.

—Pobrecillo —añade mirándome con sus penetrantes pupilas violetas.

Mis abuelos siempre decían que de joven era una belleza, por el color de los ojos principalmente. ¿Se dará ella cuenta de que ya no lo es, como yo no quiero darme cuenta de que estoy muerto por mucho que me hayan enterrado?

Veo el sillón de orejas y una mano aletargada de mi padre sobre el reposabrazos. Acabo de dar un paso más. Me emociona pensar que no es obligatorio que me miren para ver todo lo que se extiende frente a mi foto. Puedo ver un pequeño elefante de marfil que mi abuelo me trajo de un viaje a África. Mis abuelos paternos estaban muy orgullosos de mí. Decían que yo era la esperanza de una larga estirpe de vagos y ladrones de guante blanco. Lorena se da media vuelta pensativa hacia alguien que la reclama. Sin embargo, desde aquí, desde donde puedo pensar, no puedo pensar todo lo que un día pensé. Es como si los datos de mi vida se hubiesen quedado al otro lado de la existencia y fluyesen a este recortados o incompletos.

La mano levantada que reclamaba a Lorena está en un rincón. Una mano nacarada por la lámpara del techo que acapara toda mi atención. Lorena va hacia ella y la trae hasta mi foto cogida del brazo. Le llega a Lorena por el hombro, sus andares son cortos, de pies pequeños, y también su voz:

—Esta foto se la hice yo. Estábamos en los jardines de Sabatini, creo que tú también estabas —dice compungida, tan auténticamente compungida, que tengo la sensación de estremecerme.

En los Sabatini se reunían algunos compañeros de clase de Lorena los sábados por la tarde antes de ir al cine o a cualquier otro lugar, y yo me sumaba si no había sufrido ningún percance, por mandato de mamá. En el grupo había algunas chicas y una era Brigitte. Siempre la había visto desde niña jugando en el patio del colegio y aun así se me disparaba la sangre y el corazón cuando me la encontraba. Tenía un poco de acento francés y, si no hacía mucho calor, llevaba gabardinas como de detective privado. Por eso convencí a mi padre para que me comprara una. A mamá no le sentó bien que hubiésemos actuado por nuestra cuenta y procuré que no me la viese puesta. La metía en una bolsa hasta la calle.

A los otros chicos también les gustaba Brigitte, sobre todo a uno, Jorge, que a su vez les gustaba bastante a las chicas. Es como si las personas que gustan a los demás se gustasen entre ellas. No me atrevía a competir con él desde mi palidez y flaqueza, pero solo sentarme en los mismos jardines, con el mismo grupo que ella, suponía el momento de vida verdadera; todo lo demás consistía en esperar. Y me angustiaba no poder preguntarle a Lorena cuándo nos reuniríamos, porque intuía que me atormentaría prolongando el encuentro mucho más.

En realidad, Lorena me llevó de pegote la primera vez porque mamá le exigió que me apartara de su vista, y después fui añadiéndome poco a poco al grupo. Eran uno o dos años mayores que yo y no lo pasaba bien. Hacía el esfuerzo por Brigitte, solo verla me compensaba de permanecer apartado y callado, sin mirarla apenas directamente, situándome a su lado cuando podía, deleitándome con su acento y con que su mano me rozara alguna vez. Le gustó mi gabardina. La suya era verde hoja, la mía café con leche. Y un día me besó; no en serio, sino por una apuesta que habían hecho. Todos se habían dado cuenta de que me fascinaba y quisieron divertirse a mi costa, cosas que nos hacen a los que no gustamos a quienes nos gustan. Parecía un decreto de la naturaleza que se emparejase con Jorge, de rizos negros, boca carnosa y espalda ancha. Él apenas se fijaba en mí, solo esbozó una ligera sonrisa el día del beso.

Pasé una de las noches más amargas de mi vida. Hacía

lo posible por conservar el contacto de sus labios, su saliva, y también quería olvidarlo, porque no había sido para mí. En cierto modo era para Jorge. En el momento del beso no hice nada, me paralicé, lo que Brigitte interpretó como aterrada indiferencia: «Disculpe usted, caballero», dijo, y me di media vuelta hacia un asiento libre en uno de los bancos de granito rodeados de setos versallescos. Y a pesar de lo agridulce de la situación, lamentablemente para mí, Brigitte y yo habíamos compartido algo, nuestras bocas se habían unido y por muy alejados que nos encontrásemos en los Sabatini o en el cine, un hilo iba del uno al otro. Incluso cuando Jorge la cogía en brazos o la sentaba sobre sus rodillas, ella y yo estábamos unidos. Percibía que Brigitte lo notaba, aunque fuese para aborrecer aquel instante.

—Tenía ojeras —dice Brigitte—. Estábamos en los Sabatini y lo pillé desprevenido. Después enmarqué la foto y te la di. ¿Le dijiste que se la había hecho yo? Ese día nos besamos.

Lorena no responde. No, no me lo dijo, pero no hizo falta porque me di perfecta cuenta cuando me la sacó, y luego un día apareció sobre una mesita del salón. Así mejor, si no habría pensado que era otra broma pesada.

—Tu hermano me gustaba mucho. Era muy guapo, como de película, diferente al resto de chicos. De mayor, iba a romper.

Desde el sillón de orejas emerge una figura que ha estado inclinada hablando con mi padre. Es una mujer, Lira, mi profesora favorita de todo el colegio. Llora con la mano puesta en la boca. Tiene los ojos enrojecidos. Los ojos de Lira, sin ser tan bellos como dicen que eran los de la vecina del cuarto B de joven, me hechizaban de niño. En la clase, se preocupaba mucho por mí y a veces me abrazaba y ponía la mejilla en mi cabeza y me preguntaba qué me ocurría. Me caía, era torpe, muy debilucho, y ella no me regañaba. En más de una tutoría la oí informar a mis padres de que tenía una enorme habilidad para los números y también que quizá debería observarme algún especialista de huesos. Al salir de allí, mamá decía que esa profesora era imbécil y que se metiera sus comentarios donde le cupiesen.

En la fiesta de mi entierro me doy cuenta de que Lira no se acerca a mamá, solo ha hablado con papá. A mamá parece molestarle que Lira llore tanto y le comenta a alguien que esta chica está embarazada y exagera sus emociones. Ahora que ya no hay vuelta atrás me digo con sinceridad que me habría gustado que Lira fuese mi madre. Se pasa la mano por la barriga. Dos bucles rubios, de princesa de cuento, le caen sobre las lágrimas y se mojan. Lira coge mi foto y mamá se la desprende de las manos con suave determinación.

—Deberías sentarte —le recomienda—. Hace calor, ¿quieres agua?

De alguna forma considera que no tiene derecho a llorar por mí haciendo tantos aspavientos. Lira asiente y cuando mamá se marcha, vuelve a mirar mi foto y a pasar la mano por encima, como si me limpiase la cara.

—¿Qué te pasó?, ¿quién te hizo daño? —pregunta.

Yo le contesto: «No lo sé, es muy raro que me hayan encontrado en un vertedero».

Es una pena que no detecte ni una millonésima de milésima de segundo mi presencia, porque me gustaría marcharme con ella a su casa, huir de este salón y de tantas vidas pegándose unas a otras.

«Sácame de aquí», le ruego sin resultado.

De mi padre solo he podido ver la mano. Mi hermana Lorena pone esa cara de otras veces cuando por la calle fingía no verme o negaba ante sus amigos que yo fuese su hermano, así que no debe de hacerle ninguna gracia que la gente le dé el pésame precisamente por mí. Me hacía muy feliz cuando aparecía por mi cuarto para que le explicara algo de matemáticas y poníamos música. En esas ocasiones mamá se enfadaba un poco con ella y le recriminaba: «¿No tienes otra cosa que hacer?». Entonces Lorena reaccionaba como si hubiese cometido una falta y salía de la habitación enseguida.

Trato con toda la energía que soy ahora de estrecharme contra Lira y rebusco las sensaciones de calor que experimentaba de vivo. Me asombra que sean tan pocas las que sentí, por lo que me da miedo que lo que soy empiece a disiparse y acabe en el vacío absoluto, en la nada. Considero que debo de ser un poco de energía desprendida de mi ser, una vibración que despide un cuerpo compuesto por carbono, hidrógeno, oxígeno y nitrógeno, y que no es lógico que acabe definitivamente de un instante a otro, algo suelto en la atmósfera. Incluso se ha dicho que el alma pesa veintiún gramos, incluso que un ínfimo agujero negro podría colarse en el cuerpo y convertirlo en un fideo. ¿Me habré convertido ya en alma?

El profe de Filosofía, que estaba bastante obsesionado con la muerte, citaba con frecuencia a un filósofo llamado Epicuro, que decía que la muerte no es real ni para los vivos ni para los muertos. Pero la frase de otro sabio, al que más le gustaba mencionar en los días nublados, mientras nos lanzaba una mirada abarcadora, pensativa y llena de inimaginable significado, era: «El alma es casi nada». ¿Seré ese casi? Y una vez el de Física nos explicó que si el cuerpo de cualquiera de nosotros explotase tendría la potencia de una bomba atómica. También nos decía que algunas partículas de las que estamos hechos, como el carbono, proceden de las estrellas. Así que el carbono de mi cuerpo podría haber pasado una eternidad, cientos de miles de años luz, rodando por el universo hasta crearme a mí. Por lo que pienso que aún soy yo, no sé por cuánto tiempo. Tampoco supe en la otra vida cuánto tiempo iba a existir.

Mamá está atareada con los invitados y con los del cáterin. Les pregunta qué piensan hacer con los canapés y pastelillos que sobren.

—Los dejaremos en cajas, no se preocupe.

Por cómo se gira y le da la espalda, sé que el comentario del camarero le ha sentado mal. No está de buen humor. No está triste ni deprimida, sencillamente no está de buen humor. Mamá me agranda la idea de «estómago». Náuseas dentro del estómago, pesar.

Lira, con innegables marcas de llanto, se acerca a Brigitte:

—Fue alumno mío, un chico muy listo y demasiado serio; le tomé mucho cariño.

Lira, aunque Brigitte pertenecía a dos cursos superiores al mío, también la conoce desde niña. Le dice que es la única alumna que ha venido a despedirme, un detalle muy bonito por su parte. Brigitte contesta que le parece imposible no volver a verme y que espera que no sea verdad que me suicidara, porque no se lo perdonaría nunca; un comentario que me desfonda porque avala la idea de que solo sentía pena por mí. Pero medita mejor estas palabras y añade:

—No he podido estar mucho con él. Es una lástima.

¿Será para escuchar esto por lo que no he abandonado del todo la vida? Más me habría valido irme de una vez, porque ya no puedo cogerle la mano, ni acercarla a mí así, tan menuda como es, con el pelo muy corto y sus grandes ojos marrones. De alguna manera se ha quedado para siempre entre los poderosos brazos de Jorge, aunque, si lo pienso bien, ella enseguida se escapaba de esos brazos.

«Soy un tonto —le grito con toda la fuerza de que soy capaz—. No debí tener miedo». Pero se va, la veo alejarse. Hasta ahora siempre había sido yo el que se marchaba del grupo, allí donde estuviésemos, para no cabrear a mamá llegando tarde. Por eso, mi breve adolescencia es una película rodada hasta la mitad. Si una sola vida albergase varias vidas posibles y cada acto distintos actos probables, para mí se habrían cortado todos de raíz.

Me pego a Lira de la manera indescriptible en que un espíritu o una conciencia o un poco de energía se pega a un ser vivo. Pero solo llego hasta el ascensor. El piso me retiene, tira de mí con mil manos. Ha habido demasiada concentración de lágrimas, perfume, sudor, olor a tabaco, palabras; cosas humanas, en definitiva. Me desespera separarme de ella y quedar atrapado en mi pasado aquí.

No tengo más remedio que aguantar hasta ver si cambia algo cuando el último invitado se marche.

Brigitte también está a punto de irse sin dejar de echarme una última mirada, como si aquel beso le hubiese gustado y hubiera esperado otros. Y ahora es cuando percibo con nitidez que no siente pena por mí, sino por ella misma.

—No volverá a dejarlo pasar —murmura para sí.

Mi hermana Lorena se acerca a mi foto y dice medio ahogándose:

—No imaginaba que pudieran encontrarlo. Es una pesadilla.

Mamá coloca la foto boca abajo y todo se apaga.

El sol entra por la ventana y cae sobre una cabeza de hombre, que no es mi padre. A mi padre únicamente lo oigo porque estará sentado en el sillón de orejas.

—Solo he venido a darles el pésame y a decirles que toda la brigada se siente consternada y triste. Ha sido un mazazo no haberlo encontrado con vida.

Esperaba que mamá, Lorena o papá le recriminaran su pasividad o que le echaran en cara su dolor. Algo. Pero se limitan a darle las gracias por las condolencias.

—Entendemos que han hecho todo lo posible —dice mamá.

Quizá tenga razón. Es imposible saber cómo se cesa de estar; ese infinitesimal movimiento es puro misterio. Albergarán una ligera idea los que hayan escapado por los pelos de morir, los supervivientes del último instante. Pero los que abandonamos este mundo para siempre, lo dejamos sin saber cómo. Podría haber algún parecido con el día que me operaron de amigdalitis y, al ir despertando de la anestesia, oía voces alrededor sin que aún lograra abrir los ojos ni moverme. Si no fuese porque se ha celebrado mi entierro y un cóctel en mi memoria, creería que estoy anestesiado en un hospital.

Aunque la mirada del policía vaga por mi foto con ganas de decir algo más, se contiene. Es probable que desee hacer hincapié en mi juventud y en que hará todo lo que esté a su alcance por aclarar los hechos, pero no quiere mortificar a la familia. Es mamá quien sale al paso de estos probables pensamientos del policía.

—Hugo solía ir a tirar una gran bolsa negra y una gran bolsa amarilla a los contenedores al final de la calle cada dos días más o menos, poco antes de que pasase el camión de la basura a la una de la madrugada. Era muy débil, a veces se mareaba y desde que lo han encontrado hemos pensado mucho en esto, en que tal vez tuvo que asomarse bastante a los contenedores para dejar las bolsas en condiciones y que no se abrieran. Era muy sensible a las normas y entonces pudo sufrir un desvanecimiento al inclinarse, caer dentro, y que los empleados del Ayuntamiento, por estar oscuro, por ir deprisa, no lo vieran.

—También nosotros hemos llegado a una conclusión parecida. No hay motivo para sospechar ninguna otra cosa. Era un chico normal, con una familia normal, con una vida normal. ¿Quién querría hacerle daño?

Lorena se levanta del sofá y pregunta si puede marcharse. Todos asienten con la cabeza y mamá la justifica diciendo que no se encuentra bien desde lo mío. Papá también se levanta del sillón de orejas dando por concluida la entrevista o lo que sea. Está demacrado y con barba de varios días, descuidada, con unos pelos más largos que otros.

La habitación vuelve al silencio y mamá se olvida de ponerme boca abajo. Cierra las cortinas de un golpe en señal de recogimiento o porque de fuera no viene nada bueno.

—Tendríamos que marcharnos de viaje —dice mamá—, lejos. A Tailandia, por ejemplo. Conviene cambiar de aires.

—Sí, aquí nos ahogamos —agrega papá—. A veces poner tierra de por medio hace olvidar.

¿De dónde sacarán el dinero?, me pregunto de una manera por completo despegada de cualquier tipo de materialismo de la vida terrenal, tan solo tengo presente que mis padres le daban mucha importancia al dinero o al menos hablaban bastante de él en términos claudicantes.

Mamá llama a Lorena, que debe de estar en su cuarto, donde no me atrevía a entrar en su ausencia. Para mí era un santuario en el que, como mucho, asomaba la cabeza y veía su portátil rosa con una funda rosa de pelo, los libros y los cuadernos que solo abría cuando yo le explicaba algo, sus muchos maquillajes, cepillos, cascos para escuchar música, pósteres de Taylor Swift, sujetadores tirados por ahí, ropa tirada por ahí, zapatos tirados por ahí. No es una chica sonriente, a veces es borde y siempre seria, como si el mundo entero le debiera algo o ella se lo debiera al mundo y se pusiera a la defensiva para no pagar.

—He oído lo de Tailandia —dice—, y pretendéis que

os preste dinero. Está bien, os lo presto, pero no contéis conmigo. Me quedo aquí.

—Habrá que esperar a que puedas cobrar algo de la herencia.

Lorena se encoge de hombros y se enciende un cigarrillo, lo que me deja de piedra.

—Aquí no se fuma —dice mamá—. Luego huelen a tabaco hasta las paredes.

—Ya —responde Lorena sentándose en el sofá sin apagar el cigarrillo.

—No seas insolente —le medio grita papá, que parece despertar de una larga hibernación—. Estamos más destrozados que tú. Era nuestro hijo.

—Sí, era tu hijo, y yo no soy tu hija y me doy cuenta —grita Lorena fuera de sí.

Entonces mamá se acerca a ella y le pega un bofetón tan fuerte que el cigarrillo sale disparado a un rincón. Su pequeño fuego primero refulge y luego se vuelve gris, ceniza. Esta escena me remite a la idea de «corazón». De cuando en cuando, el corazón se encoge como una esponja y la sangre se derrama por todo el cuerpo.

—¡No seas injusta con papá! —le grita mamá—. Os quería igual a los dos.

A veces Lorena, con aire infantil, parecía reprocharme que yo fuese hijo de los dos y ella de mamá y de «un tío de por ahí». «Soy como una planta», decía con cierto rencor impostado, lo que obligaba a mamá a tratar de compensarla y de hacer todo lo que quería, lo cual me parecía muy injusto.

En mi clase había varios hermanastros como nosotros, procedentes de padres divorciados, de familias deshechas y rehechas, sin embargo Lira, mi profesora, se interesaba más por mi familia que por las otras y solía preguntarme, como quien no quería la cosa, con una sonrisa, si mamá trabajaba, si me ayudaba con los deberes, si me regañaba mucho. Cuando me rompí el brazo me preguntó si mamá o Lorena estaban en casa, si me habían llevado enseguida a urgencias, qué había dicho mi padre al enterarse. Me había resbalado por la escalera del edificio y al despertar me encontraba aturdido, no sabía bien qué contestarle, el caso es que acabé con el brazo escayolado. Era muy torpe, de eso nadie tenía la culpa. En los últimos tiempos me sentía más atontado que ahora, que no dependo de nadie y que todo lo veo en conjunto, casi tejido en una tela, y, a pesar de esto, no soy capaz de saber más de lo que sabía.

Mamá corre al sofá para abrazar a Lorena.

—Eres mi niña, eres mi amor. Perdóname, pero no quiero que pienses cosas raras; todo lo hago por ti.

Lorena llora. Tienen los nervios destrozados por mi culpa. Papá se hunde en su sillón de orejas. Nadie vuelve a mencionar el viaje a Tailandia. ¿Me habría gustado ir allí? En este lugar, Tailandia y esta casa son la misma cosa; todo depende de si me miran o no. Si algunas partículas solo son reales cuando se las mira o se piensa en ellas, yo podría ser sin problema una de ellas y quedaría explicado el gran secreto del más allá. De hecho, traspasada la línea vida-muerte, las mismas cosas de antes son distintas; yo mismo me he vuelto ínfimo. Los colores fuertes y brillantes se difuminan y ni los muebles ni las piedras son duros, solo dentro de un cuerpo vivo todo se vuelve real y verdadero, limitado en el tiempo y el espacio, concreto y definido.

Se ha hecho de noche y se han marchado a cenar a la cocina. Oigo las voces al fondo, pero la sorpresa viene porque, aunque no estén mirando la foto, yo sigo aquí. El que piensen en mí es como si me mirasen. Nadie sabe a ciencia cierta cómo se comporta una partícula. Nadie podría imaginar que tiene algo así como conciencia. Y ni siquiera yo sé qué puedo hacer y hasta dónde puedo llegar estando confinado en los pensamientos de los demás. Lo raro es que me haya quedado aquí y no me haya desplazado con ellos a la cocina. Será que me han olvidado de momento. Me alegro, porque ahora en el llamado salón, reservado para las visitas, noto que tomo consistencia a través de algunos objetos que fueron míos, también figuras de porcelana que de niño me gustaban especialmente. Sé, con esta nueva y extraña manera de saber, que hay un trozo minúsculo junto a la pata del aparador donde por mucho empeño que se ponga no llega la aspiradora. Lo veo. La manita de una *geisha* japonesa de trescientos años de antigüedad que le regalaron al abuelo unos empresarios nipones.

Un día, cuando los abuelos murieron y heredamos este piso hace unos años, la cogí para admirarla de cerca, se me resbaló, mamá puso el grito en el cielo y luego ocurrió algo por lo que tuvieron que escayolarme el brazo. Me explicaron que me había caído por las escaleras del edificio y eso fue lo que le dije a cualquiera que me preguntaba qué me había ocurrido, también a mi profesora Lira. Los niños me pintaron sus nombres en la escayola y Brigitte me dibujó una flor en el patio. Me sentía especial. Otras veces las caídas habían quedado más en el anonimato, no eran tan visibles. Era torpe, muy torpe; endeble. No me daban permiso para ir a las excursiones del colegio, no solo por las caídas, sino por las gastroenteritis que pillaba cada dos por tres, por lo que tampoco me quedaba al comedor. Y la verdad era que nunca tenía hambre, las comidas me sentaban regular y sufrí varias úlceras de duodeno. En mi situación actual, sin estómago, ni hígado ni intestinos, no me siento mal pero tampoco bien. Existo sin sentir y, si no fuera porque me hallo solo sin poder compararme con otros como yo, me parecería bien. Y me pregunto si me gustaría volver a la vida. Y, aunque creo que sí, no estoy seguro de querer volver a la vida de antes, sino a otra vida, no sé si a otra vida mejor, porque si conociésemos otra vida mejor la viviríamos.

Cuando se acallan las voces, apagan la televisión y se marchan a dormir, intento trasladarme a otras habitaciones y lo consigo. No es que vaya, es que me presento fantasmalmente sin ser un fantasma, porque los fantasmas no son invisibles por completo como yo soy; los fantasmas hacen ruido con pisadas que crujen y, a veces, se quejan o gritan, se cruzan con los vivos como espejismos de gente normal o como sombras. Es imposible que, donde estoy, pueda hacerse nada de eso. Pasé tanto miedo con la película *Poltergeist* que me alivia que algo así sea imposible. Creo que cada uno de los que estamos en esta situación se encuentra en su único y justo mundo; por eso nadie, jamás, podrá saber qué sucede en el más allá, donde, por otro lado, no parece que ocurra nada que no haya ocurrido ya.

De pronto me encuentro en el cuarto de Lorena. Se

ha quedado dormida con el ordenador encendido. La pantalla la ocupa el vídeo de un niño, que soy yo, en un triciclo pequeño pedaleando en un jardín; se me ve emocionado. Un jardín con gente en pantalón corto y bañador. Papá pasea una bandeja con su especialidad: hamburguesas pequeñas y salchichas que asa en la barbacoa. El sol se cuela por muchas partes: entre las hojas, por agujeros, entre las piernas y los brazos, por la tela transparente de los vestidos y pareos. Un par de pájaros picotea en el suelo. Papá es un hombre afable, a la gente le agrada alternar con él. Exhibe una simpatía contagiosa a la hora de ofrecer cervezas, pasar el brazo por el hombro de alguien, reírse, agitar la parrilla y atarse un delantal de mamá sobre el pantalón corto. Todo el mundo se para a hablar con él por la calle. Me da alegría verlo con la gente. Detrás de mí aparece la fachada de la casa de verano de mis abuelos, Villa Luisa. Es de piedra, muy grande y muy bonita, y pasábamos allí las vacaciones de verano y de Navidad, pero, al fallecer ambos, la usamos solo nosotros, como el piso de Madrid. Mamá ha cambiado bastante la decoración y hace más barbacoas con los vecinos. Son políticos, pintores y cantantes; ninguna gente normal.

Mi abuelo era ingeniero y llevaba negocios con algunas de estas personas. Por las mañanas, antes de desayunar, me planteaba un problema y después de desayunar lo comentábamos. Lo acompañaba al club de golf y le decía a todo el mundo que yo era su heredero natural y que si lograba convencerme de que estudiara Ingeniería o Matemáticas me encargaría de la empresa. No tenía más que dos nietos, Lorena y yo, y desde que tuve siete años se tomaba en serio mis comentarios sobre cualquier tema, incluso sobre los negocios.

—Papá —le regañaba su hijo—, ¿no te das cuenta de que es solo un niño?

—Siempre supe que de ti saldría algo bueno —le respondía medio riéndose mi abuelo.

Mi abuela trataba de equilibrar la preferencia de su marido por mí mimando mucho a Lorena. Le compraba todos los caprichos y la llamaba «muñeca». Lo hacía siempre con un ojo puesto en mamá. Su estado normal era de alerta, de no bajar la guardia, quizá para que su nuera no pudiera acusarla de no tratar a Lorena como una verdadera nieta y de no atendernos como era debido y que renunciáramos a pasar con ellos las vacaciones. Era una mujer reservada, con los ojos negros y hundidos, como si mirase para adentro, y daba la sensación de que apretaba los labios para medir las palabras. Yo la sorprendía a menudo escondiendo algo, metiéndolo en un cajón, tapándolo con un papel, escribiendo cuando nadie la veía en un cuaderno que mamá descubrió en la casa de la playa y que acabó ocultando debajo de un mueble, en el piso de la calle Velázquez, heredado de mis abuelos. Con el tiempo se me olvidó que estaba allí, y creo que también a ella.

Murió repentinamente por un brote alérgico y, varios meses después, falleció mi abuelo del corazón por la pena de la pérdida de su mujer. Circuló mucho la frase «uno detrás del otro», lo que era muy habitual en matrimonios mayores, a quienes les resulta más insoportable que a los jóvenes verse solos.

Fue difícil para papá hacer frente a todos los problemas y al papeleo que este cambio de situación le planteó. Había una empresa que cerrar, herencia que gestionar y empleados que despedir. Mamá se resistía a las reminiscencias del pasado y se deshizo del servicio de la casa de verano y del piso de Madrid. Cotillas, chismosos y vagos, los llamaba.

¿Por qué estaría Lorena viendo este vídeo? De nuevo me viene la idea de estómago y úlceras de duodeno y la idea de no tener hambre, aunque ahora esa sensación no exista. Ojalá pudiera volver al pasado y ver qué ocurrió, aclarar, por ejemplo, por qué me sentaban tan mal las comidas. Pero no puedo, de momento las leyes de mi no-existencia no lo permiten.

En el vídeo, pedaleo hasta que choco con papá y se le vuelca la bandeja de las hamburguesitas. También hay patatas en gajos que ruedan por el suelo. Papá ha comprado una máquina que las trocea como en un restaurante. Se apresura a recogerlo todo. Y dice en voz alta: «Hay más en la parrilla, tranquilidad». Mamá observa el desastre, lleva puesto un vestido de lunares nuevo, me coge de un brazo y me arrastra adentro. Ya no salgo al jardín. Me castigaría, no sé, hay una nebulosa, un completo olvido de lo que sucedió dentro. En el vídeo ella sale sonriente y le pasa a papá la mano por la espalda y aquí termina todo.

Desde hace lo que los vivos llaman días, no estoy confinado en el salón ni en mi foto. Mamá la ha guardado en el cajón y, aun así, no he desaparecido para mí mismo, no he caído en la nada. Si los muertos pudiésemos comunicarnos con los vivos se resolverían muchos problemas de la física, seguramente incógnitas sobre los bosones de los que nos hablaba el profe de Física.

Solo con desearlo me presento en cualquier sitio, si bien el interior de armarios y cajones se me resiste, y tampoco tengo claro que sea capaz de salir de este piso. En cierto modo, continúo atrapado en él como antes en el vertedero. Y no tengo por qué estarlo. La materia, como la conocía, no tiene nada que ver conmigo. Es difícil entender por qué antes era de esa manera y por qué ahora soy así, y es difícil entender por qué permanezco en el mundo de antes como soy ahora. Imagino que habrá un final para esta situación, insospechado en este momento.

—Este fin de semana iremos a Villa Luisa. Los vecinos querrán darnos el pésame por Hugo —dice mamá.

Acaba de llegar de la calle con bolsas, de donde saca unos vestidos oscuros.

—Puestos quedan de maravilla —le dice a Lorena, que los mira con indiferencia—. Marcan la silueta —agrega para animarla.

—No me apetece —contesta Lorena—. Además, la casa estará fría y húmeda. Me quedo aquí.

Todo lo que ocurría en la vida era natural, por sorprendente que parezca. Sin embargo, en mi estado actual, lo verdaderamente novedoso, lo revolucionario, es que ya puedo salir del piso. Y, nada más oír esta frase de Lorena, de pronto me encuentro en Villa Luisa. No he tenido que hacer ningún esfuerzo. Me he sentido impulsado sin saber exactamente por qué: una onda de luz, una palabra, el nombre de la casa, mi deseo de regresar allí. No soy capaz de distinguir si mis movimientos y traslados son voluntarios o involuntarios. Si me los inspira un ser superior. Y, si lo pienso bien, también fue así en vida. No es fácil discernir si se actúa por voluntad propia, si somos el coche o el conductor.

Villa Luisa era maravillosa en todas las épocas del año. La luz parecía traspasar sus paredes. Quizá a los niños como era yo, cuya vida será corta, se les compensa con el resplandor de la infancia: rincones por descubrir, amor de los abuelos a raudales, comodidades, árboles a los que trepar, aire azul, un mar reluciente y un porvenir dorado.

El último verano de vida de mis abuelos lo pasé con ellos. La idea de felicidad es feliz incluso en este otro lado. Tres meses alegres en que no temía nada, aunque rompiese un jarrón caro. La idea de sangre que fluye viene con fuerza. Tenía hambre a todas horas y no me cansaba. Mi abuelo despachaba los asuntos por teléfono y mantenía charlas conmigo sobre volúmenes y forjados. En las comidas y las cenas él y ella se cruzaban una mirada de orgullo y admiración que no se me escapaba.

—Si con doce años razonas así, no puedo imaginarme lo que harás con veinte.

Cuando fui feliz, lo fui mucho.

En teoría, me quedé tanto tiempo en la casa con el cometido de cuidar a mi abuelo porque se había lesionado una rodilla, luego resultó que se trataba de una contractura, y cuando mamá se enteró se sintió engañada, aunque solo yo se lo noté. No hacía falta que se enfadara; yo lo notaba. Detectaba la boca que había detrás de la boca, los ojos detrás de los ojos, las palabras detrás de las palabras, pero, sobre todo, el silencio detrás del silencio. Cuando anunció que iba a buscarme para regresar a Madrid, mi abuela me ayudó a hacer la maleta entre seria y divertida, dejando escapar una recurrente lucha interna por necesitar decirme algo que nunca me decía. Hacía bien, no es bueno ser consciente de todo, hay que dejar margen a la inocencia.

Fue ese día, al ir a buscarme, cuando mamá empezó a hurgar en el cuarto de los abuelos y descubrió el cuaderno en el que la abuela solía escribir a ratos. Siempre supuse que se trataría de listas de la compra o tareas pendientes de una casa tan grande y con tanta gente a su servicio. Pero por el interés que despertó en mamá debía de haber algo más. Se sentó en el borde de la cama, sobre la colcha de raso color salmón, y me ordenó que vigilara la puerta. Al rato, volvió a guardarlo donde lo había encontrado.

En el trayecto a casa se mostró taciturna, pensativa, concentrada en la carretera. No me atreví a pedir agua y no paramos hasta llegar a casa. Quinientos kilómetros del tirón en que no separó la vista del asfalto. ¿Tendría algo que ver lo que había leído en el cuaderno? Al menos no se dedicó a interrogarme todo el tiempo. Al llegar, me castigó en mi cuarto por no haberle contado la verdad sobre la rodilla del abuelo.

Por entonces vivíamos en un piso pequeño que llamábamos apartamento porque sonaba más moderno. Solo mis padres y Lorena disponían de cuarto propio, yo dormía en una cama mueble en el salón y mis cosas se guardaban en un armario empotrado en el pasillo. El chaquetón marinero que me había regalado el abuelo al cumplir diez años no sé por qué acabó en un rincón de ese armario. Durante un tiempo lo busqué con ahínco; me gustaban los botones dorados y las grandes solapas, que me hacían más grande e incluso más alto. Con él pretendía impresionar a Brigitte a la entrada y salida del colegio, y aun así lo olvidé hasta que, buscando otra cosa, lo redescubrí. Me quedaba estrecho y corto, pero hizo que me entraran muchas ganas de hablar con el abuelo y, en cuanto me quedé solo, lo llamé por teléfono. Le conté lo del chaquetón y dijo que con el tiempo podría comprarme todos los que quisiera: acababa de redactar un testamento legándomelo todo, salvo los tercios que le correspondían a su hijo, y por delicadeza había incluido a Lorena como segunda heredera.

Mi padre nos pedía paciencia, sobre todo a mamá, porque cuando falleciesen mis abuelos nos mudaríamos al gran piso de trescientos metros en el centro de Madrid que alternaban con Villa Luisa en la playa, e incluso podríamos conservar el servicio que les cocinaba, les limpiaba y los mimaba. Mamá tachaba a los abuelos de tacaños y fríos, sin alma para compadecerse de cómo vivíamos. Papá contestaba que al fin y al cabo era su dinero y que ya eran bastante mayores, por lo que la espera no sería excesiva, lo que me apenaba mucho. En cambio Lorena, para cuando llegase ese momento, había elegido su habitación en el piso grande y habitación en la casa de la playa, ambas con salita aneja para recibir a sus amigas. «A ver si estiran la pata de una vez», decía de una manera que creo que no sentía; se dejaba llevar por el deseo de nuestros padres, sobre todo de nuestra madre.

Y eso de lo que se hablaba y se deseaba y que parecía improbable que ocurriera ocurrió. Ese mismo año nos invitaron a pasar las Navidades con ellos en República

Dominicana, un gesto que a mis padres no les hizo gracia porque rompía con la idea fuertemente asentada de su tacañería. Y fue allí, en tierras lejanas, en medio de la alegría más alegre de toda mi vida, donde mi abuela, tras la cena de Nochebuena, sufrió un brote alérgico de tal calibre que no sobrevivió. Y, aunque ella siempre advertía sobre sus problemas alérgicos, puede que se distrajese y no quedase lo bastante claro y se deslizase la contaminación de algún crustáceo. El cocinero del restaurante juraba llorando que tal cosa no había sucedido, pero no lo iba a admitir, ¿no? Mis padres se ocuparon de que lo despidieran por negligencia y de la burocracia que, por increíble que parezca, conlleva una tragedia, y más en un país lejano. Los demás nos encontrábamos desconcertados, aislados por la desgracia, sobre todo mi pobre abuelo, que envejeció cinco años de golpe, lo que a su edad era mucho, así que no me separaba de su lado por si se desvanecía, caía desplomado al suelo y se añadía un nuevo dolor al que ya sufría. Aunque ahora no puedo sentirla, sé, gracias a él, lo que es la compasión. En mi estado los sentimientos parecen colores extraños, dibujos extraños que hacen recordar algo.

Repatriamos el cuerpo, en un proceso largo y complicado, hasta Villa Luisa para enterrarla frente al mar, tal como ella habría deseado. En Santo Domingo nos compró regalos que nadie se atrevió a abrir. Y todo parecía irreal, más irreal que ahora mismo que no estoy vivo; podría precisar que estoy muerto, pero rehúyo esa palabra porque no es exacta. «Muerto» implica un paso más hacia no se sabe dónde, quizá hacia esa fuerte y terrorífica luz blanca, de la que siempre he oído hablar, que conduce al otro lado y que al ser descrita por absolutamente todos los que se han librado de ella como blanca, y no azul o anaranjada, le otorga cierta credibilidad. En cualquier caso, en ese mundo real, en el que tan poco tiempo he permanecido, habría sido más lógico hablar de ir hacia una fuerte oscuridad. ¿Quién sabe lo que le espera a uno? Siempre se identifica la energía con luz y estallidos luminosos cuando son igual de probables las explosiones de oscuridad.

Mi abuelo cayó en una profunda depresión, consideraba inconcebible la muerte de su mujer, porque hay seres que no están en consonancia con este final abrupto. Que mi abuela Luisa estuviese presente, ocupando espacio, aspirando aire y devolviéndolo más caliente y que al segundo siguiente ya no estuviera y que nunca jamás volviera a estar parecía extraño, cosa de brujería, un hechizo. La idea de padecer pesadillas me viene de repente. El proceso del traslado del cuerpo en el fondo era de agradecer porque hasta que no llegásemos a casa y no le diéramos sepultura frente al mar aún no era el final, solo estábamos yendo hacia él.

Mi abuelo le advirtió a mamá que prefería que aún no se tocasen sus joyas ni su ropa. Lo consolaría retenerla para sí un poco más a través de sus cosas. Sin embargo, mamá se lo tomó mal.

—Esa ropa no es de mi talla ni de la de Lorena —respondió dolida.

Aun así, fotografió las joyas para evitar tentaciones del personal de servicio: «Es mejor prevenir que curar». Papá no se metía en esas cosas. Él no iba a usar las joyas, ni yo tampoco. Estaban destinadas a mamá y a Lorena.

De todos modos, mamá arrambló con algunos papeles y el intrigante cuaderno de la abuela.

Durante el periodo entre la muerte de la abuela y la del abuelo pude vivir mi vida, por decirlo de alguna manera. Hubo cierta paz y silencio, incluso uno podía dejarse la comida en el plato sin provocar un escándalo, no me castigaron por cosas que antes les sacaban de quicio, y lo más increíble es que no me caí ni una sola vez.

Mi profesora Lira estaba contenta por mí.

«Parece que esos huesos van madurando», decía con alivio, y cesó de observarme constantemente. Yo no entendía qué pasaba, no me parecía normal y me recordaba a situaciones en que después de la calma yo metía la pata y mamá perdía los nervios. Y Lira lo percibía nada más entrar en clase.

El extraño paréntesis fue tan largo que empecé a acostumbrarme a la calma. Iba camino de la adolescencia, y había dejado de ser tan trasto e inútil. Incluso me había fortalecido, podía pegarme con alguien sin que me rompiera los dientes. Y, si me quedaba solo en casa durante días, no me asediaban a llamadas.

Fue en Semana Santa cuando nuestros padres se marcharon a Villa Luisa para ayudar a mi abuelo con ciertos asuntos; por lo visto necesitaba poner en orden el papeleo. Lorena y yo llegamos al pacto de vivir y dejar vivir y de que yo no le haría a ella preguntas engorrosas. Y, diez días después de su regreso, la secretaria del abuelo llamó llorando para comunicar que el abuelo había muerto. Se achacó a la soledad, la pena, la edad y la falta de interés por vivir. Los causantes fueron unos cuantos infartos en cadena.

De nuevo sacaron las ropas negras y repetimos el mismo ritual que con la abuela, salvo el traslado del cadáver, aunque en esta ocasión mamá quiso agradecer a los amigos y vecinos de Villa Luisa sus condolencias con un cóctel. Se colocó un collar de perlas de la abuela como homenaje a ellos dos, dijo. Los empleados seguían sus instrucciones, la consideraban la siguiente dueña. Y papá exclamaba a quien quisiera oírle que se había quedado huérfano y que por el hecho de ser un adulto no se sentía menos huérfano.

Una oleada de comprensión cubría aquella tarde soleada que el abuelo ya no veía. No nos veía sentados en los cómodos sillones étnicos del porche ni en los acogedores sillones de cuero del salón y de la biblioteca. Eso pensaba entonces; en este instante, creo que él y la abuela adoptarían la misma naturaleza que tengo yo ahora. Y que después pasarían al siguiente nivel, y que por eso no me he tropezado con ellos o quizá no exista un siguiente nivel y esta sea la última despedida, sin compañía posible.

Soy un resto efímero de vida, como mucho un reflejo en el que nadie repara o el recuerdo de los demás, que en algún momento olvidarán y entonces desapareceré empujado hacia atrás, y más y más hacia atrás.

Aquello de la herencia no tardó en llegar. Al morir mis abuelos, mi padre accedió a las cuentas, los fondos y las acciones, que él controlaría hasta que yo cumpliese los dieciocho, y pudo jubilarse. Entonces decidieron que, de momento, se sentían más cómodos en Villa Luisa. Se veía a la legua que mamá siempre había soñado con darle otro aire a aquella casa, transformar el jardín y, sobre todo, echar al personal, que costaba un ojo de la cara y que de alguna manera seguía siendo fiel a su antigua dueña, y contratar otro nuevo. Daba la impresión de estar disfrutando bastante con este ajetreo. Mientras, Lorena y yo nos quedamos en el gran piso de Madrid, también heredado. Solo pude sacar del apartamento los libros y algo de ropa. Mamá no quería cargar con aquella miseria y se limitaron a no pagar el último alquiler, cerrar la puerta y dejarle las llaves al portero.

—Ahí te quedas —dijo mamá, como si su vida anterior hubiese sido un novio pegajoso.

Papá se dejaba llevar; en alguna etapa de su vida debió de comprender que no le merecía la pena ir contracorriente. En su ausencia, Lorena era la encargada de comprar comida y darme dinero para ir al colegio, lo que casi nunca ocurría, y debía andar tres kilómetros de ida y vuelta. Me alimentaba del pan más barato que vendían en los chinos y estaba quedándome en los huesos, pero me sentía libre y era feliz recorriendo aquellos trayectos y no encontrándome con nadie al llegar a casa, como mucho con Lorena, que no me hacía ningún caso. Y en ocasiones con Brigitte, que se acercaba a escuchar música con ella y a hablar de chicos, entre los cuales yo no me contaría. Como mucho se reirían de mí, el pasatiempo favorito de Lorena. Excepto una tarde, en que Lorena aún no había llegado, cuando Brigitte llamó a la puerta. Como siempre, en su presencia no pude evitar convertirme en un payaso: quince años de atontamiento, desorientación, inseguridad. Únicamente se me ocurrió preguntarle si quería esperar en el cuarto de Lorena mientras yo me dirigía al mío como un vagabundo a su escondrijo.

—No, me sentaré aquí, y tú, también —ordenó.

Me senté en el sofá, su pierna al lado de la mía. Parecía más pequeña de lo que era, parecía como yo, por lo que estaba claro que le atraerían los tipos macizos como Jorge y de aspecto mayor que nosotros.

—¿No me ofreces nada para beber? ¿No tiene por ahí tu padre una botella de whisky? Sé que están en la playa.

Por mucho que estuvieran en la playa, tenía la sensación de que mamá veía todo lo que hacía y lo que no hacía, hasta el punto de que por solo que me encontrara no era capaz de andar desnudo por la casa. Me dirigí al mueble bar y saqué dos vasos de cristal tallado, que abarcaban las dos manos, y cubitos de hielo del frigorífico. Encima, ella encendió un cigarrillo y me lo pasó.

—Al fin y al cabo, ya me has besado una vez —dijo.

Creo que fue la primera ocasión en la que adopté la sonrisa como recurso para no contestar y no meter la pata, porque para ella no fue un beso, fue algo circunstancial y sin ningún valor, creía entonces.

Abrí uno de los balcones para que se fuera el olor.

—Qué bueno eres —dijo mirándome de la misma forma en que ha mirado la foto en el cóctel de mi entierro.

Acababa de darme cuenta de que hacía cosas de chico bueno, como lavar enseguida los vasos del whisky y colocarlos en su sitio, y eso no podía gustarle. Estaba deseando que se marchara o que llegara Lorena para no hacer añicos el momento y para que la idea que tenía de mí no empeorara aún más.

Cuando oí el tintineo de llaves de mi hermana, respiré y, al mismo tiempo, me parecí un idiota por no saber aprovechar la oportunidad y, sobre todo, por no saber convertirme en alguien atractivo e interesante. Había estado pendiente durante dos horas del ruido de la puerta, que al final llegó, cortando en seco el futuro.

TERCERA PARTE

De mi yo físico y material no queda nada; las momias no resucitan por mucho que las venden y las unten con perfumados ungüentos. He llegado a mi situación actual como quien abandona una casa, cierra la puerta y tira la llave. Soy lo más parecido a un vagabundo que va de sitio en sitio, pero con menos ataduras que un vagabundo porque no paso frío ni tengo hambre. Permanece algo de lo que no se ve, como la intuición o un cierto sentido del todo. Esa intuición me dice que mis abuelos habrían preferido que me trasladaran con ellos a su mausoleo. Prefiero dar este rodeo antes de mencionar la palabra «enterrar». Ellos también sobrevivirán en algún recuerdo y en algún incomprensible resto de vida, pero no en esa seudocasa con vistas al mar y rematada con una cornisa muy bonita.

No sé qué ha pasado con mi cuerpo. Creo que han estado sacándolo y metiéndolo en algún frigorífico, practicándole exámenes y autopsias, y que ahora descansa en algún lugar bajo tierra. He perdido su rastro.

Mis padres hace varios días que se han marchado a Villa Luisa a recibir el pésame por mi fallecimiento, y mi hermana todavía está cenando las sobras del cáterin de mi fiesta de despedida de la vida cuando suena el videoportero. Yo ya puedo viajar por el piso sin desearlo siquiera; basta con que mi presencia tenga que estar ahí, del mismo modo que las moléculas están donde tienen que estar y también Marte y la luna.

—¿Quién coño será? —protesta en voz alta Lorena, encendiéndose un cigarrillo.

Desde lo mío está siempre de mal humor; más que triste, airada. Arruga el ceño cuando oye la voz de Lira, mi profesora. Pide permiso para subir y ella duda un momento, pero le abre el portal.

—¿Qué querrá esta? —exclama en el mismo tono agrio de los últimos tiempos.

Lira aparece en el vestíbulo con sus ondas rubias, los ojos azules y las mejillas rellenas y sonrosadas. Se quita el plumas y una blusa blanca se le aprieta sobre la tripa. Se le nota satisfecha con el embarazo. Respira fuerte y Lorena le ofrece un vaso de agua. Ella se disculpa por las horas; son las nueve de la noche. Retazos de aire oscuro vuelan entre las farolas.

—Lo he descubierto hoy en la vitrina de la clase y no quería que se me olvidara. Os pertenece —dice, y saca del bolso un trofeo de las olimpiadas de matemáticas del colegio.

A casi todos nos dieron uno, pero Lira me dijo al oído que el mío era de verdad.

—Hugo era un chico tan bueno —dice—. Me preocupaba mucho, pero nunca me atreví a preguntar por qué era tan delicado. Sobre todo de niño. Cuando no aparecía con un brazo escayolado, tenía moratones en las piernas o se había caído por las escaleras. Me habría gustado hablar contigo antes, seguro que entendías a tu hermano mucho mejor que tus padres. Era reservado y al mismo tiempo alegre. Y no me quito de la cabeza que pude hacer algo por él, que pude ayudarlo de alguna manera.

Lorena no la mira, se ha levantado y se dirige hacia el balcón, por lo que Lira está girada en una postura muy incómoda.

—No sé qué decirle, no sé cómo se le podría haber ayudado.

A Lira se le han encendido las mejillas como si se hubiese dado colorete.

—Seguro que alguna idea tienes, eres muy lista. Debería haber hablado contigo, pero tú también tendrías que haber hablado conmigo o con cualquiera del colegio.

—¿Qué quiere decir?, ¿que sufría acoso o algo por el estilo?, ¿que los chicos le pegaban?

—Puede que no fuesen los chicos. Puede que fuese alguien de fuera del colegio —contesta Lira.

Y en ese instante, donde estuvo el estómago, aún queda pena e incluso vergüenza. Donde hubo cuerpo, donde hubo órganos y piernas y brazos, queda un vacío lleno de vergüenza.

—Alguien le hacía daño —continúa Lira—, eso está claro. Y no solo por las magulladuras, sino por su aislamiento, sus ganas de ser como los otros y no poder. Desde lo de tu hermano, todo me afecta mucho y siempre tengo ganas de llorar.

Lorena mira muy seria al techo. Observa la moldura de escayola que lo recorre, como si acabase de descubrir imperfecciones que la estuvieran cabreando. Y, cuando

Lira también eleva la vista hacia la moldura, Lorena da por terminada la entrevista.

—Gracias por traernos el trofeo. A mi hermano le habría gustado.

Y se dirige hacia la puerta de salida. Se la abre y prácticamente se la cierra en las narices.

Y es en ese instante cuando sucede algo, una novedad que me da alas en un sentido casi literal. Noto que también a mí me cierra la puerta en las narices. A partir de este momento, me hallo en la calle salpicada de luces amarillentas de mi vida acabada y en un piso de paredes blancas, alegre, con estanterías con libros y una cadena de música. En una mesa de trabajo descubro mi letra en un cuaderno. Y en la puerta de al lado, una habitación empapelada en color ocre con dibujitos azules y, bajo la ventana, una cuna llena de muñecos de peluche.

Lira entra en ella, se sube a una silla para cambiar una bombilla y pierde el equilibrio y casi se cae. Extiendo la mano, que se desvanece en el aire. Se agarra a una cómoda de pino y después se sujeta la barriga, se tumba y cierra los ojos. Aprecio una vez más que el extraño espacio en que me encuentro es terrorífico, porque los demás existen para mí, pero yo no existo para los demás, no soy capaz de detener la caída de Lira y me pregunto si percibirá que alguien la mira, que alguien contempla su carne sonrosada, sus labios rojos, su respiración elevando un volante de la blusa que le cae sobre el pecho. Me pregunto por qué no le habrá entregado a Lorena mis cuadernos junto con el trofeo de matemáticas. ¿Querrá conservar un recuerdo mío porque de verdad era uno de sus alumnos favoritos o porque le acecha la mala conciencia por no haberse preocupado aún más por mí?

Si pudiera, la tranquilizaría, asegurándole que yo no sentía que me ocurriera nada especial. El problema es que yo era un chico problemático. Mamá me lo repetía a mí y a todo el mundo.

—No sabemos qué hacer con Hugo —se quejaba—. Es un niño tan introvertido, tan delicado. Siempre nos tiene en vilo.

Papá asentía y alguna vez me rogaba por lo bajo:

—Haz un esfuerzo.

Nunca llegué a adivinar en qué consistía el esfuerzo, porque trataba de agradar a mamá por todos los medios, sin ningún resultado. A veces ni siquiera era necesario esforzarse, puesto que nadie se fijaba en mí. Solo quizá Lira. Lira me prestaba más atención que a los demás niños por mi fama de desastre y porque ella también quería contentar a mis padres. Aunque ellos no se dejaban contentar. Me lo pareció uno de esos días en que no asistí al colegio y Lira se presentó en casa interesándose por mí; tendría once años en aquella época. Faltaba a clase cada dos por tres por un sinfín de percances. Un inocente empujón y me caía por la escalera del edificio. Mamá me cogía por la muñeca y acababa con ella medio fracturada, y se enfadaba porque fuera tan debilucho y me hiciera daño solo con mirarme, solo con acercarse a mí.

—Lo siento, mamá —me disculpaba.

—Ahora tendré que llevarte al médico y perder toda la mañana —contestaba ella.

—Lo siento —repetía yo.

Ese día me había quedado en la cama porque algo me sentó mal y estuve vomitando toda la noche. Papá se había marchado al trabajo. Trabajaba en la empresa de un amigo de mi abuelo donde no hacía gran cosa más que pasar el tiempo, lo que a mamá le ponía de los nervios. Habría deseado que fuese más ambicioso y más listo, más hombre, que tuviera las manos más grandes y una voz más profunda. Y yo cada día me parecía más a él. Por el contrario, el cuerpo de Lorena sugería que su padre, el tío ese de por ahí, debía de ser alto, fuerte y guapo, porque de alguien habría heredado sus largas piernas y su voz penetrante.

Mamá se sorprendió al ver a mi profesora. Al principio no la hizo entrar, no le preguntó nada, solo la miró como si fuera una aparición.

—Siento haber venido de improviso, pero estaba preocupada por Hugo. Hoy tampoco ha ido al colegio.

—Está aquí, tumbado en el sofá. Anoche le sentó mal la cena.

Lira se aproximó a mí entre sonriente y seria, y me avergonzó que me viese así, con el pijama de rayas. Me sentía medio mareado y con la frente y la cara sudorosas.

—¿Lo ha examinado un médico? —preguntó.

—Disculpe, Lira, esa es mi responsabilidad, ¿no cree? —respondió mamá.

—Claro, claro, no es mi intención entrometerme. Lo siento. En cierto modo, también es mi responsabilidad preocuparme.

El sofá me chupaba hacia un túnel paulatinamente más oscuro y hondo, más estrecho. Sus voces se alejaban, se convirtieron en susurros y luego en nada. Me despertó un paño frío en la frente.

—Tiene mucha fiebre y se ha desmayado —le susurraba mamá a papá—. Ya le va bajando, mañana se encontrará mejor.

—¿No crees que deberíamos avisar a alguien?

—No digas tonterías, los niños son así; salen de todo —contestó.

No era verdad, yo no salí de todo.

Ahora no es que lo vea todo claro, ni mucho menos; de momento no me parece que estar muerto me haga más inteligente, ni más sabio, ni más perspicaz. Me hace más perfeccionista. Y esta escena no estaba ni perfecta ni completa: faltó que mamá le contara que mi profesora había venido a interesarse por mí.

No soy capaz de inventar, ni añadir, ni completar una situación que debiera completarse por sí misma. Si pudiera comunicar lo que he descubierto: que un muerto no tiene poderes sobrenaturales, no es un supermán, no puede ayudar, ni vengarse, no puede llorar, ni reírse. No sé qué hago aquí.

En vida oía hablar del más allá sin prestar atención. Me atraía la ciencia, las matemáticas, y consideraba oportunistas a esas personas que opinaban sobre aquello que no habían vivido ni podían saber —aún las considero así— y nada de lo que decían sigue teniendo sentido para mí. Si conocieran mi caso, pensarían que puedo codearme con el espíritu de Amy Winehouse y con los de mis abuelos y que por eso lo llaman el otro mundo, la otra vida, el otro lado, como si se saltara a otro planeta lleno de la gente que ha muerto en este y que, por cosas de leyes aún desconocidas, en casos excepcionales, podemos ponernos en contacto con los vivos a través de médiums o de forma directa. Si de algo doy fe es de que no puede hacerse, porque no nos hemos trasladado a otro mundo ni somos fantasmas; simplemente mi conciencia no se ha extinguido del todo, no sé por qué.

Tras estar a punto de caerse de la silla para cambiar la bombilla, Lira se ha quedado dormida, y yo la miro, ¿cuánto tiempo? No existe el tiempo, en su sueño no existe el tiempo, yo no existo en el tiempo. Sí existe el anochecer, unido a todos los anocheceres del universo. Y es en el inmenso anochecer cuando se abre la puerta de la calle y entra un hombre. Al verla tendida en el sofá, él se gira hacia la cocina y se sirve un vaso de agua; luego se quita los zapatos, enciende la pantalla del móvil, se desprende de la corbata, la camisa, los pantalones y sobre los calzoncillos se pone unas mallas, y en el torso —bastante en forma—, una camiseta. También unas zapatillas de deporte negras con ribetes amarillos. Estira los brazos y abre la puerta de la calle. Entonces Lira, aún somnolienta, le pregunta adónde va.

—A correr, cariño, vuelvo en dos horas.

Lira estira los brazos y se sienta en el sofá. Se la ve contenta. Recorre el salón y la cocina con la vista, satisfecha. Las luces de la calle bailotean en la pared. Se levanta, se quita el vestido con el que ha irrumpido en la casa de mis padres y lo cambia por una camiseta con la que se le pronuncia aún más la barriga. Ese niño o niña será muy feliz. Tampoco esto puede hacerlo un muerto: penetrar donde no penetra el ojo humano. Si pudiésemos, veríamos átomos y moléculas por todas partes, podríamos presentarnos sin más en el sol y la luna, podríamos saber si ha habido vida en Marte. Por el contrario, sí soy capaz de ver un nombre en el móvil que su marido ha olvidado sobre la encimera de granito de la cocina: Violeta.

Lira camina descalza de un lado a otro. El suelo es muy bonito, de madera de cerezo, y le produce mucho placer pisarlo, y en algún momento está a punto de descubrir el móvil, pero no se le ocurre cogerlo, lo que me lleva a deducir que todas las situaciones, escenas y dramas de la vida terrena quedan siempre incompletas. En cambio, se dirige al escritorio donde están los cuadernos de sus alumnos, entre ellos, el mío, y lo hojea; parece que no ha olvidado la visita a mi casa y que busca algún indicio de algo, alguna explicación. Después entra en la habitación del bebé, enciende la lámpara que ha arreglado y coloca bien los peluches. En la pequeña cocina prepara una ensalada y se come la mitad. Enciende la televisión y vemos una película en blanco y negro, con Humphrey Bogart de protagonista, hasta que Leonardo aparece sudoroso.

Lira empieza a contarle mi caso, que fue mi tutora durante algunos años y que me han encontrado en un vertedero con el cuerpo desmembrado. Él dice que va a ducharse. Y se lleva el móvil.

—Leonardo, no dejes las mallas tiradas por ahí —le grita Lira, y coloca en un anexo a la encimera, también de granito, la ensalada con una copa de vino, los cubiertos, pan y fiambre en otro plato.

Mamá siempre ha dicho que reformará el piso de mis abuelos en Madrid e instalará en la cocina una enorme isla de granito o de mármol con taburetes alrededor. Como Lorena pasaba de estos sueños, me enseñaba a mí los catálogos, y eran preciosos momentos de unión madre-hijo, aunque rehuyendo hacerle cualquier observación que la contrariase. En cambio, Lorena se atrevía incluso a gritarle cuando se enfadaba y entonces mamá se volvía más pequeña y triste y le pedía perdón porque su verdadero padre hubiese huido probablemente por culpa suya y que ella, Lorena, llevase esta carga encima. Y ahora entiendo, con un sentimiento de color casi negro, que me miraba como si yo le hubiese usurpado el puesto a mi hermana.

—No puedo quitármelo de la cabeza —le comenta Lira a Leonardo—. Voy a pedirme ya la baja por el embarazo para no tener que ver, cuando paso por su clase, su sitio vacío. No creo que nadie vuelva a sentarse allí.

Leonardo echa ojeadas al móvil y por fin responde.

—Es terrible, pero no puedes tomártelo tan a pecho. Tus otros alumnos merecen toda tu atención.

Ella asiente con la cabeza, resignada, mientras él escribe un mensaje a Violeta: «Te veo en el desayuno».

La escena está incompleta para Lira, tal vez no sabe nada de la tal Violeta. Él apura la copa de vino.

No existe ningún otro sitio mejor que este apartamento. Aquí estoy bien, fundido con los muebles y las paredes. Me resulta imposible atravesar la materia, pero puedo fundirme con ella; es extraño. Lo que daría el profesor de Física por saber esto. Quizá él podría explicarme qué me sucede en realidad. Me diría algo semejante a esto: «No te fundes, simplemente tus débiles moléculas interactúan con otras más fuertes y sales perdiendo».

En vida siempre me encontré solo, apartado de los demás por algo que me ocurría que no entendía y que aún no entiendo. Era un chico confuso y torpe. Y ahora también me encuentro solo. Diría que es mi destino si no fuera porque ya no me espera ningún destino. Más que a un destino, he llegado a una trampa. De la vida puede escaparse con la muerte. De la muerte es imposible escapar.

Soy el rey de mi reino, y lo bueno que tengo es que no me canso ni me aburro de ver a cada instante mi cuaderno con esa letra que, al final de las frases, se inclina hacia abajo, mostrando abatimiento según los grafólogos y psicólogos. En alguna página sobresale en color rojo una anotación de Lira. De alguna manera es ella la que me la enseña al repasar este cuaderno y sus anotaciones. ¿Pensará que podría haberme animado más? ¿Buscará algún indicio que resuelva mi muerte?

—No pierdas más el tiempo con eso —la regaña Leonardo—. Estás obsesionándote. Piensa en el posible nombre de nuestro hijo.

Así que es niño. Por eso predominan el azul y los colores neutros en el dormitorio del bebé; lo que está en consonancia con el porte un tanto clásico de Lira, aficionada a las chaquetas, las blusas blancas y las faldas y pantalones rectos, y a los zapatos con un poco de tacón. Otras profesoras de su misma edad iban incluso tatuadas, con faldas cortas, pantalones pitillo... A mis compañeros les gustaban más estas. En cambio, a mí la formalidad de Lira me daba confianza, me estimulaba a esmerarme en las redacciones que nos mandaba porque sabía que las leería y apreciaría lo que estaba bien y me señalaría lo que estaba mal.

Un día nos pidió que escribiésemos sobre lo que más miedo nos daba en la vida. El tema más recurrente fue la oscuridad: un campo oscuro, un callejón oscuro o un pasillo oscuro. También un hombre con pasamontañas o perderse y no poder encontrar a su familia. El crujir de puertas, rostros deformados en el cristal de la ventana o en el espejo del baño, y fantasmas. Más o menos todos reconocían esos miedos y a casi todos les pidió que leyeran sus relatos. Menos a mí, entre unos pocos. Deduje que el mío no trataba de un verdadero miedo, que era una tontería, y me avergoncé de haberlo escrito. Era muy simple: al protagonista, nada más salir del colegio, empezaba a metérsele por el oído un susurro que cada vez iba elevando el tono, llamándolo inútil, despojo, tarado, pusilánime, hipocritón, hasta amenazar con matarlo. A veces corría hasta casa para que la voz se callase; otras veces esperaba con otros chicos, jugando al fútbol, para alejarla de sí, pero la voz se reía a carcajadas cuando fallaba un gol. Así que, un día, el chico decidió marcharse lejos y empezó a andar y a andar sin rumbo fijo, y se dio cuenta de que solo cuando caía desvanecido por el hambre y la sed el susurro se volvía más leve y se apagaba. Entonces le pareció buena idea tumbarse en la acera de una calle desconocida y quedarse así para siempre.

Si no me equivoco, el relato se encuentra en el cuaderno sobre el escritorio de Lira. No alcanzo a leer sus anotaciones, pero sí, en esta sensación conjunta que tengo de la vida, la veo hacerme una señal al final de la clase para que me acerque a su mesa y preguntarme si el protagonista se parece algo a mí.

«Es muy original tu miedo —dice mirándome sin parpadear, como un mar sin olas—, pero no eres ni serás el único que lo siente». No respondo y me doy media vuelta hacia la salida.

Está arreciando el frío y Lira por las tardes enciende la calefacción. Se le hinchan los pies y le pide a Leonardo que le dé masajes. Él accede, fingiendo que le gusta, y ella cierra los ojos. Sé distinguir el fingimiento de la sinceridad porque he visto cómo mamá, sonriente, le pasaba la mano por la cara a papá y, al darse la vuelta, ya no estaba sonriente sino seria, muy seria. Él aprovecha para decirle que se ha citado con gente de la oficina para tomar unas cañas. Lira le pasa la mano por el pelo.

—Diviértete, cariño.

Cuando se marcha, ella entra en el cuarto del niño. Entra muchas veces al día y se sienta en una *chaise longue* junto a la cuna, bajo la ventana. En la última visita guarda en la cómoda unas toallas y juegos de cama con el nombre bordado de RAFAEL. El niño ya tiene nombre: Rafael. Y con el último vistazo suena el videoportero.

Se trata del mismo policía que estuvo hablando con mis padres en el cóctel de mi entierro. Entonces me pareció más mayor, porque lo veía desde la perspectiva limitada de la foto que me hizo Brigitte; ahora no creo que sobrepase los treinta años. El ejercicio lo mantiene con cierto aire adolescente: cuerpo delgado, cara aniñada.

Lira lo invita a sentarse en el sofá y le pregunta si quiere tomar algo. Como es natural, él lo agradece y punto.

—Sé por lo que viene —dice Lira, y cruza los pies hinchados y se gira frente a él mirándolo a los ojos, dispuesta a contarle todo lo que sabe sobre mí.

—¿Le dio la impresión de que Hugo tenía problemas en casa?

También Lira es muy joven. Parecen dos niños hablando de cosas de adultos.

—Diría que son una familia normal. Su hermana también va a nuestro colegio. Dos años mayor que él. Hubo momentos en que llegué a sospechar que lo maltratasen, pero ¿por qué iban a hacerlo?

—¿Y acoso de los compañeros?

—Quién sabe, era una criatura muy reservada. Lo que más me inquietaba es que estuviese tantas veces enfermo o que se cayese tanto. En una ocasión no pude resistirme y fui a su casa para ver qué ocurría, y todo parecía normal. Estaba con fiebre en el sofá y su madre lo atendía.

¿Qué quiere decir Lira con eso de que me maltratasen? ¿En qué consiste maltratar?

—Lo más lógico, también para los padres, es pensar que se cayó sin conocimiento en un contenedor de basura y el camión lo arrojó al vertedero —comenta el policía.

También yo creo que eso fue lo que me pasó. Pero el policía adolescente se levanta del sofá y clava la vista en los pies de Lira.

—Sin embargo —continúa—, no entiendo por qué, cuando el chaval no regresó de tirar la basura en un tiempo razonable, no nos llamaron y esperaron a la mañana siguiente.

—Quizá creyeron que, al volver, se habría metido de inmediato en su cuarto —dijo Lira.

—Es lo que piensa la familia. Aun así, no puedo quitármelo de la cabeza.

Lira le da las gracias por pensar en mí, y él también le da las gracias.

Lira se coge la baja y pasa bastante tiempo sola. A veces vienen amigas a casa, momento en que prefiero fundirme con los muebles de la habitación de Rafael, implorando que esto acabe, que mi presencia no sea eterna. ¿Estaré en el purgatorio? ¿Vendrá luego algo mejor? ¿Vendrá el cielo, esa maravilla de un azul puro con ángeles, santos, gente bondadosa y extraordinaria y dioses, donde seré feliz por siempre y me sentiré, de una vez por todas, en paz?

Esta perspectiva me anima a pasar por lo que debe de ser el purgatorio, donde se espera que purifique y purgue mis pecados. Pero ¿cómo corregirlos si no puedo disculparme, ni abrazar ni llorar? Y se desvanece la idea de un purgatorio abarrotado, de una multitud apretujada codo con codo, incluso unos encima de otros, almas aún mezcladas con cuerpos; un estado de transición como la sala de un médico o el vestíbulo de un teatro.

Le pediría perdón a mamá por haberle complicado la vida con mis torpezas y por no haberla querido lo suficiente, por haberle tenido miedo y haber llegado incluso a desear cambiarla por mi profesora Lira. Ahora me doy cuenta de que no me gustaba estar con ella y la rehuía. Me siento muy culpable por ello, lo que no sé si será suficiente para redimirme, porque a una madre hay que amarla sobre todas las cosas. También he de purgar el fuerte deseo de que al padre de Jorge lo destinasen al país más lejano posible y que Jorge no pudiese acercarse más a Brigitte. Primero soñaba con que se rompiera una pierna, pero luego pensé que Brigitte podría compadecerse de él e ir a visitarlo a su casa y hacerle compañía en su cuarto, quizá tumbada en su misma cama, por lo que sería más deseable una hospitalización en la Unidad de Cuidados Intensivos, donde Brigitte tendría impedida la entrada. Evidentemente, los celos no son buenos consejeros y lo peor es que, por mucho que me esfuerce, no me arrepiento, por lo que estaré siempre condenado al purgatorio. Y es que el problema del más allá consiste en la infinitud y la eternidad, en que todo es para siempre.

Si tuvieran que representarme en una película, no podrían. No soy un ser invisible para los demás y visible para la cámara. No soy una sombra que persiga o se pegue a los seres vivos. No soy una voz ni un pensamiento suelto por el aire. No soy nada, sin ni siquiera saber cómo es la nada. Ser nada es demasiado solitario. Solo la compañía de Lira me alivia.

—Tenemos que buscar niñera para cuando me reincorpore al colegio —le dice a Leonardo—. Una amiga me ha facilitado un nombre y voy a citarla para conocerla.

A Leonardo le parece bien. Le da un beso en la frente y se marcha a correr. Agradezco que exista el cuarto de Rafael para no tener que presenciar intimidades entre

Lira y su marido. Prefiero escabullirme como una ola mar adentro.

Es difícil, imposible, explicar algo de mí con imágenes vivas, reales. Puede que sea un algoritmo de lo que fui.

Se llama Alicia y a Lira le cae bien. Parece serena, paciente y, al mismo tiempo, con chispa, alegre. Podría hacer feliz a un niño. Está dispuesta a recogerlo del jardín de infancia y pasar la tarde con él hasta que Lira llegue del trabajo. Por las mañanas prepara oposiciones, aunque pueden contar con ella algún día si es imprescindible. Se cree capaz de hacer frente a berrinches, caprichos, gases y demás; no la asustan. Dice que el cuarto de Rafael es precioso y pregunta si la leche será materna o de fórmula, una pregunta que a Lira le ofrece la garantía de que Alicia sabe de qué va esto. Así se lo traslada a Leonardo, que pregunta cuánto les costará. Lira le pide que no se preocupe, porque los primeros meses de permiso no la necesitarán.

Si yo pudiera opinar, los animaría a contratarla. Es igualita que Verónica, una empleada de mi abuela en Villa Luisa que me arrullaba entre los brazos y me soltaba grandes besos y me decía que iba a comerme vivo.

El caso es que, cuando Lira se pone de parto, Leonardo no está en casa, y por primera vez me veo arrastrado, aunque sea por milésimas de milésimas, al mundo de antes. Y milésimas de milésimas es mucho; es volver a la vida, algo que nadie, absolutamente nadie —aparte quizá de Jesucristo, y está por demostrar—, ha conseguido. Lira no tiene el móvil a mano y no llega al teléfono. Pide ayuda a gritos, pero, aunque alguien acuda, no podrá abrir la puerta. Además, en el apartamento de al lado la música está alta. Y, hasta que se monta un revuelo de locos, solo estoy yo con Lira y Rafael; acabo de comprender que he llegado a mi destino final.

CUARTA PARTE

Supuso una gran sorpresa que se presentara en el apartamento de Lira esta mujer sin avisar. Lira aún no había llegado del trabajo, pero, al informarme de que era la madre del niño asesinado, me pareció que debía permitirle subir y sentarse en el sofá. Preparé café para ambas mientras Rafael jugaba sentado en la alfombra. Fuera, el sol descendía hasta el mismo asfalto y lo ablandaba. Una repentina ola de calor estaba anticipando el verano. Me dio las gracias por el café mientras observaba a Rafael y me preguntó la edad, a qué escuela infantil acudía. Una manera de hacer tiempo hasta que regresase Lira.

—Imagino que te preguntarás qué hago aquí —dijo, y me explicó que a su hijo Hugo, de quince años, lo habían hallado muerto en un vertedero hacía poco menos de dos años—. Algo terrible —añadió, pasándose las manos por una sedosa falda negra que le llegaba a las rodillas y ajustándose las tiras de unas sandalias doradas—. Como es natural, cuando una muerte es tan trágica, la policía quiere saber más y más. No nos hacemos a la idea de que lo trágico pueda ser tan natural como lo simple. Si a Hugo lo hubiese arrollado un autobús, parecería menos trágico, ¿comprendes?

No comprendía del todo, no comprendía qué tendría que ver Lira con eso, salvo que fue su alumno, y no me pareció ni simple ni natural que se presentase de repente en el apartamento, y dudé si habría hecho bien en dejarla entrar.

Por fortuna, no tardó en girar una llave en la cerradura; nos pusimos en pie. Lira nos miró sorprendida y fue a besar a Rafael. Lo cogió en brazos, aunque habíamos acordado no interrumpirlo cuando estuviese tranquilo. En brazos de Lira, el niño se quedó observando con los ojos clavados en la mujer.

—A veces Hugo también me miraba así, sin pestañear —dijo la mujer.

Lira, tal vez pidiendo ayuda, me echó una ojeada.

—Le he ofrecido café —dije, y cogí a Rafael para llevármelo a otra parte.

—No hace falta que te vayas —me pidió Lira—, ¿Montse, verdad...?

—Montse —afirmó ella—. Sé que has estado animando a la policía —utilizó un tuteo de matiz hostil— para que sospeche que Hugo no era feliz en su hogar y que no se le trataba bien —rehuyó la palabra «maltrato»—. ¿Por qué haces eso? ¿Por qué quieres ensuciar su vida y la nuestra? Ya es suficientemente doloroso haberlo encontrado como se le encontró.

Montse, la madre del chico muerto, Hugo, exhibía una gran presencia y personalidad; intimidaba, daba la impresión de que iba a fulminarte con un chasquido de dedos. No era pose, era algo intrínseco, como si hubiese venido al mundo para ejercer de gran empresaria o de presidenta del Banco Mundial, alguien capaz de dirigir a miles de empleados. Y por eso me llamaba la atención que a Lira no la amilanase. Se retiró el pelo detrás de las orejas, en un gesto instintivo para que su rostro angelical apareciese en todo su esplendor y combatiera el rostro de Montse, de pómulos y cejas bien marcados por el fulgor de los grandes diamantes de las orejas.

—Siempre me ha llamado y me llama la atención la explicación de que se desplomase mareado en un contenedor. En efecto, pudo ocurrir; lo que no parece lógico es que se conformen con esta conjetura y no traten de indagar un poco más. Quizá un enemigo de la familia haya querido hacerles daño. Son muchas las variables que podrían manejarse.

—Nada nos devolverá a nuestro hijo, ¿comprendes? Nada. Las dudas y pesquisas no nos consuelan; todo lo contrario, reavivan el sufrimiento y además son inútiles. Si hubo algo de eso que insinúas nunca lo sabremos. Preferimos creer que su muerte no fue consecuencia del odio, sino un accidente como son los accidentes: imprevisibles, absurdos, injustificables. A todos nos tienta buscar sentido al sinsentido.

—¿Y qué quiere que haga? —preguntó Lira sin ceder al tuteo, lo que suponía un acto de fuerza que me maravilló—. Ha venido a mi casa para decirme lo que debo hacer, ¿no es así?

—Te ruego que nos dejes tranquilos. Ahora lo que más me importa es que Lorena disfrute de una vida lo más normal posible.

A Lira le subió la sangre a las mejillas, dándole ese aspecto tan suyo de campesina sana. Una campesina frente a la dueña del castillo. Aun así, no asintió ni se comprometió, no la tranquilizó. Se limitó a dar cuatro pasos para acompañarla a la puerta de la calle. Y, como despedida, se limitó a decir «Gracias».

La señora del castillo no se fue contenta. Desde el balcón la vi caminando taciturna, con la vista baja.

—Parece que esconde algo —le dije a Lira.

—No me gustaría pasarme de la raya y echar más leña al fuego, pero si la policía me pregunta he de decir la verdad. Aunque lo cierto es que la verdad no son los hechos desnudos. En la verdad hay más opiniones que hechos. Puede que la madre del pobre niño tenga razón y me esté dejando llevar por la pena.

—Bueno —aduje—, la policía está entrenada para distinguir una cosa de otra. Puede que entre las opiniones se escondan hechos y por eso necesita preguntar mucho.

Rafael se había adormilado en la alfombra con la mejilla sobre un cubo de construcción y, para no despertarlo, me limité a retirar el cubo y prepararle un biberón, que a él le tranquilizaba tener a mano. Solía estar despierto hasta que empezaba el telediario de las nueve de la noche, pero hoy, en cuanto la mujer llamada Montse comenzó a hablar, prefirió tumbarse y cerrar los ojos. Y yo, no sé por qué, necesitaba respirar el aire recalentado de la calle y me puse en pie en cuanto Lira sacó una botella del frigorífico y dos copas.

Lo cierto era que llegó un momento en que la ausencia definitiva de Leonardo, por un lado, había aligerado el ambiente del apartamento y, por otro, lo había agravado, porque ocupaba todo el pensamiento de Lira, todos sus recelos, sus sospechas, sus miedos de no volver a encontrar a nadie que la quisiera. Ahora Rafael era responsabilidad completa de su madre y en parte también mía. Lira echaba de menos los pequeños ratos que Leonardo le había dedicado a su hijo. Pero también suponía un alivio que sus largas piernas y sus largos brazos no ocuparan una tercera parte del salón.

Leonardo vivía ya con Violeta en un ático extensamente blanco y luminoso que alargaba la sensación de eternas vacaciones, con pocos adornos donde pudiera posarse el polvo, en una zona residencial bastante alejada del centro, por lo que no me hacía ninguna gracia ir hasta allí, y decidió pagarme un taxi de ida y vuelta aparte de los honorarios. Deseaba evitar cualquier pejiguera que tuviera que ver con su vida anterior. De hecho, solíamos estar Rafael y yo solos en el ático. Ellos desaparecían en cuanto llegábamos y Leonardo le había dado un par de volteretas en el aire al niño y un par de patadas a una pelota, entonces nos dedicábamos a curiosear en los vestidores, cuartos de baño, armarios de la cocina. A veces Rafael escondía algo de la cocina en un baño o al revés para encontrarlo en la siguiente visita; era uno de sus juegos favoritos. También corría mucho por todo este minimalismo y, el resto del tiempo, nos sentábamos frente al plasma de su cuarto, decorado en un sentido muy amplio: cama, mesita baja con sillita baja y un cajón con cubos de plástico de construcción. Yo había comprado un par de cuentos y unas pinturas. Rafael enseguida se cansaba y, en cuanto supo hablar, preguntaba a trompicones cuándo llegaría papá y cuándo volveríamos a casa.

En la que considero mi última visita a aquel ático y a aquellas vistas a una sierra iluminada por focos celestiales, Leonardo y Violeta llegaron antes de lo previsto. Y también, de una manera imprevista e inquietante, Violeta se llevó aparte a Rafael para entregarle un regalo.

—¿Te gustan los cuentos? —le preguntó, y Rafael se dejó guiar hacia la frondosa terraza echando miradas hacia atrás.

—Nunca tenemos tiempo de hablar —dijo Leonardo—. Siéntate, por favor. ¿Qué quieres tomar? —E hizo el gesto de que no me levantara. Preparó dos *gin-tonics* con bolitas flotantes—. Total, os vais en taxi —añadió con una sonrisa—. Si de algo estoy convencido en esta vida es de que con nadie está Rafael más seguro que contigo.

Volvió a levantarse y sacó, de detrás de unos paneles como de la nada, un cuenco con frutos secos y aceitunas.

—Estoy muy preocupado por Rafael. Es un niño demasiado serio para su edad, retraído. ¿Qué piensas tú? ¿Crees que es feliz?

—Diría que es un niño diferente porque tiene mucho en qué pensar.

Tras decir esto, esperé con ansia su reacción. Hasta ahora no había barajado la posibilidad de que fuese Leonardo a quien debiera contarle el extraño caso de su hijo. Cada día se me hacía más pesada la carga de saber algo que nadie más sabía.

—Creo que puedo confiar en ti. ¿Puedo confiar en ti?

Asentí con la cabeza.

—Entiendo tu fidelidad hacia Lira y eso te engrandece, pero Rafael necesita un entorno más alegre, alguien más joven junto a él, aparte de ti, claro está. Parece un viejo, no un niño tan pequeño.

—Lira es una madre extraordinaria y el carácter de Rafael no tiene nada que ver con los momentos depresivos que Lira ha pasado. Las preocupaciones de Rafael son otras —dije atajando lo que se venía encima.

Leonardo medio sonrió.

—Hablas de él cómo si fuera un empresario.

—Desde que nació está tratando de encontrar respuestas de forma desesperada. Y tenemos que ayudarlo. No le he dicho nada a Lira; aún no está preparada.

Abrió los ojos absolutamente desconcertado. Yo tampoco habría entendido nada.

—¿Quién te ha metido esas cosas en la cabeza? ¿Lira? —Comenzó a dar zancadas de un lado a otro mientras hablaba—. Está zumbada, y lo digo con todos mis respetos hacia la madre de mi hijo. Lo que intento decir, y espero que me comprendas, es que está haciendo de Rafael una persona sombría.

—Lira no me parece nada sombría —contesté tan seria como pude, y di por zanjada la conversación.

Hasta el día de hoy había logrado controlarme y morderme la lengua sobre nuestras correrías al piso de la calle Velázquez. No quería desquiciar a Lira. Y si lo hacía era para distraerla de una preocupación mayor: el hecho de que Leonardo fuese a casarse de nuevo. Aseguraba que no le importaba, pero nada más llegar a casa del trabajo se servía una ginebra a palo seco. Prefería que lo hiciese delante de mí y no a escondidas; lo que menos necesitaba Rafael en estas circunstancias era una madre alcohólica. Daba por hecho que su papá enseguida tendría otro hijo y le haría menos caso a Rafael, no se pelearía por retenerlo un día más los fines de semana, ni una semana más en vacaciones. Así que, al ver a Lira con la copa en la mano y la mirada perdida, le dije:

—Tengo algo que contarte. Es muy sorprendente, pero, en cierto modo, real.

Abrí la boca pensando que ni en mil años podría imaginárselo. Tampoco yo de no haberlo vivido. De hecho, desde que me sucedió esto, simpatizaba con los abducidos por extraterrestres, a quienes nadie creía. Con los viajeros del tiempo, a quienes nadie creía. Con los alquimistas. Con la telepatía y con quienes mueven objetos con la mente. Con los duendes, las brujas y las hadas. La diferencia era que yo sí tenía pruebas.

—Ni en mil años podrías imaginártelo —dije.

Y ella esperó con la vista clavada en la ginebra y al mismo tiempo en Rafael: si Rafael estaba aquí y sano, la sorpresa no la asustaría. Confiaba en mí y me guardaba un profundo agradecimiento por la gran labor que hacía con su hijo. Le había enseñado bastante pronto a comer en la mesa y a usar a la perfección la cuchara y el tenedor, a que le gustase la fruta, a saltar y a utilizar el orinal, por lo que siempre iba un poco por delante de sus compañeros en clase, y eso a Rafael le daba seguridad. Y entonces, para acortar explicaciones, se me ocurrió sacar del fondo del capazo de los juguetes el trofeo de matemáticas que trajimos Rafael y yo del piso de Lorena, y que, por tanto, Lira no había llegado a ver en este apartamento, y se lo puse ante las narices.

—¿Lo recuerdas? —pregunté.

Lo cogió y leyó la inscripción.

—No sé qué pensar. ¿De dónde lo has sacado?

—Le perteneció a Hugo, ese chaval que encontraron en un vertedero, ¿verdad?

Lira se entristeció de repente y se dejó caer en el sofá con todo su peso.

—Leonardo no soportaba que le hablase de ese chico. En realidad, no soportaba que le hablase de nada. ¿A qué viene esto? ¿Y por qué lo tienes tú? Fui yo quien se lo entregó a su hermana.

Comencé a preparar té en un acto un tanto ceremonioso que me daba tiempo para idear la mejor manera de decir lo que tenía que decir.

—Lo encontró Rafael en casa de Hugo. Bueno, en casa de sus abuelos. Los padres primero vivían en otro sitio y, cuando los abuelos murieron, se mudaron a ese piso de la calle Velázquez. Ahora también pasan largas temporadas en otra casa de la playa. En fin.

Lira iba pensando despacio, intentando encajar mis palabras en una mente agotada y algo embotada. Se sirvió otra ginebra y ni siquiera reparó en el té.

—Sí, lo sé. Fui a ese piso a dar el pésame de nuevo por la muerte de Hugo y a entregarles el trofeo. No entiendo qué quieres decir.

—Es fácil de entender y difícil de creer. Todos los días, al salir de la escuela infantil, Rafael me obliga a ir en una dirección determinada. Primero lo obsesionó la calle, y cogía una rabieta impresionante si intentaba hacerle desistir. Luego se obsesionó con el número 39 de la calle. Como recordarás, tiene unas escalinatas a la entrada y se empeñaba en gatear por ellas. Pensé que era una especie de capricho y entrenamiento. Rafael siempre está entrenándose físicamente, como si se propusiera ser un chico fuerte.

»Lo que yo no sospechaba, porque es imposible sospecharlo, es que tenía un objetivo, un destino: el quinto A de ese edificio. Ha sido casi año y medio de idas y venidas, de subidas y bajadas, de incredulidad, de observación e incluso miedo de estar desvariando y volviéndome loca. ¿Cómo era posible que un niño tan pequeño tuviera tan claro adónde deseaba ir y lo que quería? Quería el elefante de marfil y quería el trofeo de matemáticas, y reconocía a Lorena. También reconoció a Montse cuando vino aquí. Reconoce a esa familia, reconoce el piso y las cosas de Hugo. Es como si fuese el propio Hugo, ¿comprendes? Por supuesto, podría tratarse de casualidades, de coincidencia tras coincidencia. Lo bueno es que vuestro divorcio lo ha afectado muy poco porque está interesado en otra familia.

Me esperaba lo que estaba sucediendo, que Lira no supiera reaccionar, que se quedara con la boca abierta y que pensara que yo deliraba y que ella estaba bebida.

—¿Por qué has tardado tanto en contármelo? Es importante que sepa todo lo que hace mi hijo.

—No quería añadir un problema, que no es un problema, que parece completamente irreal, a los problemas que ya tienes: el divorcio, el trabajo... Hay cosas más urgentes que solucionar.

—Lo que insinúas es una tontería. ¿No serán todo figuraciones tuyas? ¿No serás tú la que quería entrar en esa casa?

—Podría ser. No estoy segura.

Me marché cerrando la puerta con suavidad y durante dos días Lira no mencionó nuestra conversación, ni yo tampoco. La dejé tranquila para que reflexionase, atase cabos y observase a Rafael en los ratos que estaba con él. Fue el domingo por la noche cuando tuve una llamada suya que no presagiaba nada bueno. Incluso antes de oír su voz, me llegó un aliento agotado y enfadado, oscuro.

—Alicia, he estado dándole vueltas a lo que me contaste el otro día y no le encuentro sentido. ¿Quieres decir que Rafael no es mi hijo, que es el hijo de otra familia, aunque lo haya parido yo? ¿El hijo de la siniestra madre de Hugo? Es una locura.

En su lugar, yo habría reaccionado peor que ella, así que no contesté.

—No quiero decir que estés loca —agregó—, sino que puede que te haya sobrecargado de responsabilidad con Rafael. Me he comportado como una completa egoísta, pero comprenderás que en estas circunstancias sería una negligencia dejarte a cargo del niño. Lo he hablado con Leonardo y está de acuerdo conmigo.

No supe qué contestar; tenía razón, toda la razón, y me avergoncé y me arrepentí de haber hablado, así que no le pregunté si habían aprovechado estos días para buscar a alguien que me sustituyese y que me alegraba de que mi locura le sirviese para hablar con serenidad con Leonardo. Me limité a farfullar un «Lo siento» y colgué y me quedé pensando hasta dónde le habría contado a Leonardo y que ahora Rafael se encontraría completamente solo en su batalla y que, cuando estuviese en condiciones de hablar de forma inteligible y de narrar lo que le pasaba, ya se habría olvidado de quién fue.

Día a día, semana a semana, fui centrándome en las oposiciones, tratando de recuperar el tiempo perdido. Rafael también me olvidaría. Olvidaría lo más importante, la esencia de su vida, y después no comprendería por qué hacía o sentía ciertas cosas, por qué lloraría sin motivo o reiría también sin motivo. No entendería el miedo irracional hacia algunas personas; se perdería gran parte de sí mismo, se perdería a Hugo, y solo yo lo sabría. De todos modos, no podía evitar preguntarme con quién pasaría Rafael las vacaciones de verano y si la nueva niñera los acompañaría. ¡Y a mí qué me importaba!

Para no darle vueltas a la cabeza e ir alejando la carita de Rafael de mi mente, me recluía a estudiar en una biblioteca. Allí el ambiente me presionaba para no bajar la guardia hasta que cerraban. También combatía la tentación de acercarme al mediodía por la escuela infantil de Rafael y vigilar a su nueva cuidadora, comprobar si también a ella la obligaba a ir a la calle Velázquez, 39. Era una idea irresistible que trataba de desechar con todas mis fuerzas. Sería demencial actuar contra los deseos de Lira y, sobre todo, para qué saber si no estaba en mi mano intervenir. Quizá esta aventura me excedía, no me correspondía. Y, sin embargo, había sido demasiado extraña e impactante como para desterrarla de mi vida sin más, por lo que algún día escribiría sobre ella para no perderla.

Los exámenes se aplazaron hasta octubre por una filtración de las preguntas. Un gran escándalo que salió incluso en la prensa, y los más indignados contra esta situación montamos una plataforma. Yo formé parte de la comisión de las pancartas, encargada de comprar el material, redactar los mensajes de la manera más atractiva posible y distribuirlas entre los compañeros. Un sindicalista dijo que era muy creativa y que se contaría conmigo para futuras reivindicaciones.

Esta tarea me atrapó de tal modo que, al llegar el martes a casa, a eso de las nueve de la noche, pasé por alto que en el llamado «salón» del piso donde hacíamos la vida no hubiese ropa tirada y que sobre la mesa quedaran restos de canapés variados, comprados en la pastelería de abajo y dos tazas del juego japonés, el más bonito que había diseñado.

—¿Es que no coges el móvil? —preguntó Irene mientras se secaba el pelo con una toalla—. ¿Y si alguno de nuestros padres hubiese enfermado?

No le contesté que no podía atender todas las llamadas de todos los opositores cabreados; de alguna manera, me había situado a la cabeza de las protestas. Me limité a quitarme los zapatos y tumbarme en el sofá contemplando las filigranas de la bandeja de cartón de los canapés. Algo había ocurrido para que Irene se hubiese molestado en recoger y sobre todo por la evidencia, el testimonio sólido de una bandeja que no entraba en nuestro piso por el precio y para no engordar, un artículo nocivo en todos los sentidos.

—Pues Lira ha venido —dijo sin dejar de frotarse el pelo.

Y entonces casi pude oír cómo chocaban sus mechones unos contra otros.

—¿Lira?

—Ha estado llamándote y al final se ha decidido a venir. La familia esa la ha denunciado por acoso. Parece ser que metías mucho las narices en sus vidas y literalmente en su casa.

Se me nubló la vista y todo lo que había detrás de la vista: escándalos políticos, escándalos de famosos, querellas, juicios, abogados, fiscales. Sobrevienen acontecimientos terribles que llamamos sorpresas porque nos sacuden y nos hacen daño, pero que entran dentro de lo esperable. La denuncia de la familia de Hugo no la habría imaginado ni en mil vidas.

—¿No te habrás pasado de la raya? —preguntó Irene—. Deberías llamar a Lira. Al fin y al cabo, eres la... —buscaba una palabra sustituta de «culpable»— ¿la que ha dado pie a este lío?

Recogí las migas y me dio pena tirar la bandeja. La guardé en lo alto del armario, a la espera de alguna auténtica celebración con canapés falsos.

—La llamaré mañana —dije.

No me encontraba capaz, tras tanto tiempo sin vernos ni hablarnos, de enfrentarme a una Lira angustiada por mis locuras y me tomé una pastilla de Irene para dormir. Quizá, mientras dormía, todo se resolviese o todo se convirtiese en un sueño absurdo y, al despertar y descorrer las cortinas, el cielo, el mundo, mi vida, la propia Lira y los caprichos de Rafael fueran transparentes, livianos, sin importancia.

Lira me llamaba con insistencia y yo la rehuía, esperando que se cansase y, sobre todo, que milagrosamente sucediese algo que arrinconara el problema del acoso a un segundo plano, porque las cosas son muy importantes y dramáticas solo al principio, cuando aún no son reales del todo; después nuevos sucesos también reales se enredan con los otros hasta que desaparecen. Algunas denuncias se archivaban, ¿no?

¿Qué podían aducir?, ¿que subí con un bebé al piso de Hugo? Al fin y al cabo, lo hice con el pretexto de que una inmobiliaria se interesaba por él. En cuanto al posible robo del elefante, sería su palabra contra la mía, y la copa-trofeo se la había regalado Lorena y sería demasiado, por parte de una chica tan joven, negarlo. Deseaba que ya nos encontráramos en el año que viene. Y, si le contase a la policía la historia de Rafael, empeoraría las cosas, me considerarían una chiflada. Solo alguien de talante espiritual no se echaría a reír y me lancé a entrar en un sitio en el que no había entrado desde mi comunión, a los ocho años: una iglesia.

No anduve escogiéndola, apenas empujé una puerta muy pesada y me inundó una vaharada de incienso y cera. Ahí se guardaba la realidad invisible en la que la gente cree más que en la realidad visible y, sentada en un banco, sentí paz y un ligero sueño. Hasta que noté un aliento detrás que se me metió entre el pelo:

—Si viene a confesarse, ha de ser rápido; el sacristán está cerrando.

Al volverme, el cura se había metido en una de esas casitas de madera con celosías a los lados, lo que me dio mucha seguridad y ánimo: hablar sin ver ni ser vista.

—Más que confesarme, necesito contarle algo muy importante.

El cura suspiró. Debían de meterle rollos de toda clase y este prometía ser largo.

—Si quiere, vuelvo mañana con más tiempo —le propuse.

Y él contestó con voz un poco hastiada:

—Mañana estoy en otra parroquia. Acabemos con esto ahora.

Comprendía que se sintiese explotado; no era solo un psicólogo, sino un psicólogo que perdona para luego poder volver a las andadas.

—No vengo buscando perdón, sino alguna explicación —dije, y noté que se acomodaba en un asiento que sería de la misma madera que la casita.

—Adelante —añadió, con lo que se saltó algunas fórmulas protocolarias que recordaba vagamente.

—Pues verá —empecé—, se trata de un niño de dos años.

Debía de llevar tanto tiempo hablando que se me secó la boca. Al otro lado de la celosía ya no se oía ninguna respiración, ni aliento, ninguna sombra, ni los contornos de una cara, y me atreví a levantarme, con las rodillas doloridas, y mirar dentro de la casita. No había nadie, solo una nota con letra temblorosa, escrita probablemente sobre sus rodillas, a falta de un soporte mejor, y con urgencia:

Si Cristo no resucitó, vacía es nuestra predicación, vacía es nuestra fe. I Corintios, 15.14. Lo único que necesitas es fe, hija mía.

No me dio la oportunidad de preguntarle si la reencarnación consistía en la resurrección en otra persona.

La iglesia estaba desierta, en sombra, inundada por el profundo silencio de las imágenes de escayola y madera. Una mujer me esperaba en la maciza puerta de salida con un manojo de llaves en la mano. Cerró detrás de mí. La persona que me había escuchado un rato desapareció sin que pudiera preguntarle qué es la fe. No me parecía que tuviese nada que ver con la esperanza, ni con el optimismo, ni con la confianza en el futuro. La fe debía de ser una sensación diferente.

Y, después de todo, el primer examen no me salió mal. Me vinieron bien estos meses sin dedicarme a Rafael. Si aprobaba, podía olvidarme de todo, incluso de la maldita denuncia. En el fondo, cuando nunca te han denunciado, la palabra «denuncia» suena terrible y definitiva, pero está por demostrar. Mis compañeros y yo contrastamos las respuestas con optimismo. Era la hora de comer y unos cuantos nos animamos a celebrar que nos habíamos presentado. Si he de ser sincera, no me resultó difícil y casi me vi ocupando una plaza de funcionaria. Por eso, cuando al llegar a casa Irene me dijo que tenía que hablar conmigo muy seriamente, no me lo tomé a la tremenda: Lira se sentía más cómoda llamándola a ella, puesto que yo la rehuía, para que me informase. De hecho, intuía que, durante este tiempo de ausencia en nuestras vidas, ella e Irene habían forjado una bonita amistad, sin que llegara al extremo de confesarle Lira el secreto de su hijo, algo que Irene jamás de los jamases habría podido callarse, sobre todo porque Lira habría estado tratando de borrarlo de su mente.

Lira, Leonardo y un abogado amigo suyo habían pensado que, si Lira pidiese disculpas a la familia del niño asesinado, Hugo, por haber insinuado sin querer que pudo sufrir algún maltrato dentro del hogar —cosa que nunca creyó en serio—, quizá retirasen la denuncia por acoso. Y, sobre todo, que si yo me hiciese tratar por un psiquiatra o un psicólogo que me diagnosticase alucinaciones por ansiedad o estrés debido a la responsabilidad de cuidar de un bebé, la familia se mostraría muy comprensiva con todos nosotros. Irene me tendió un número de teléfono.

—Llama, por favor —rogó, o más bien ordenó.

Obedecí, porque quizá un psicólogo supiese qué le ocurría a Rafael, porque sabía, con un peso que casi podría llamarse fe, que el problema no estaba en mí, sino en un niño que había buscado y encontrado a su otra familia.

El psicólogo tenía unos sesenta años que parecían cincuenta y todo en él y a su alrededor desprendía prosperidad, por lo que debía de atender a una clientela fija y contenta. Tras narrarle, con todo el pormenor que recordaba y que ya había ensayado en el confesionario, tan extraña experiencia, me pidió que le describiese cómo me hacía sentir el comportamiento de Rafael. Le confesé que al principio no entendía qué pretendía y que me plegaba a sus exigencias para que no llorara y para que no me mirase con esa intensa luz en los ojos.

—Creo que me daba un poco de miedo —admití—. Después fui comprendiendo que no eran solo rabietas, sino que él era consciente de lo que hacía.

A pesar de que el psicólogo era un profesional de pies a cabeza, que por su porte frecuentaba bastante el gimnasio para mantenerse fuerte frente a pirados como yo, bajó la guardia un segundo y movió la barbilla de forma casi imperceptible, negando algo: la historia, mi cordura, su propio método. Y decidió hacerme dudar de mis percepciones: ¿no le daría al niño por dirigirse en aquella dirección como podría haber tirado por otra cualquiera?, ¿no sería que la tracción de la silla se inclinaba mejor hacia allí? ¿Y el dedo señalador? Los niños siempre señalan, se sienten seguros apuntando lo que ven, marcan su posición en el espacio: aquí, allí. ¿No me sentiría sobrepasada por las necesidades de una criatura que parecía tener bastante temperamento? ¿Y qué decir de las escaleras? Una vez frente a ellas, lo más lógico del mundo es que quisiera subirlas. Y, una vez en el piso, que quisiera entrar.

—La casualidad es un concepto mucho más razonable de lo que parece. En lo que para un niño no es más que una casualidad, usted necesita ver causa y efecto —dijo.

Era evidente que tener que encargarme de un niño con afán de moverse e investigar, un niño sin duda muy impositivo, el peso de una silla y el resto de los bártulos, y el hecho de que el sol deslumbrase los ojos de Rafael, ya de por sí deslumbrantes al ser azules, fueron el pretexto para secundar sus deseos y aliviar la situación.

—Alicia, usted ve en el destello de sus ojos el destello del orden y del sentido de un universo al que somos indiferentes. Pero detengámonos —dijo— en las ilusiones ópticas que induciría una onda estacionaria al resonar en el humor vítreo del ojo.

¿Significaría esto que mis ojos me engañarían sobre lo que veía en los ojos de Rafael? Según me explicaba con voz pausada, todos necesitábamos buscar significados, simetrías y patrones como confirmación de un espejismo. Y la religión había dado forma a este ensueño: el cristianismo con la resurrección y la potencia de la fe; el budismo, el hinduismo, el taoísmo, el jainismo y un puñado de confesiones africanas y americanas con la reencarnación; y etcétera, etcétera. Pero me vendría bien conocer las palabras del filósofo Jürgen Habermas: «De vez en cuando conviene pensar en la resurrección de los muertos, porque el cristianismo nos ha dado su palabra de honor de que existe la trascendencia», francamente una gran frase. De todos modos, lo que me estaba sucediendo —o lo que yo creía que me sucedía— abarcaba muchas más implicaciones filosóficas y de creencias que no podíamos abordar en una terapia a corto plazo. Se trataba de un síndrome muy profundo que afectaba a la humanidad desde sus orígenes: el anhelo de que aquí no acabe todo para siempre, el deseo de encontrar un tratamiento paliativo a la atroz verdad. Y que los tibetanos, por ejemplo, habían convertido en una práctica normal y aceptada, con distintos métodos para elegir al niño sucesor, incluso para elegir el próximo vientre del que nacería. Uno de cuyos recursos más teatrales consistiría en tener que acertar en la señalización de objetos que pertenecían al lama reencarnado: un libro, unas gafas, una campanilla. ¿Podría ser así de sencillo: muero y busco en quién continuar viviendo sin que ese otro ser lo sepa? ¿No se trataba de un método muy invasivo? ¿Y si a Rafael no le gustaba Hugo?

La invención de fantasmas, espíritus y un puente comunicativo con las almas inmortales había intoxicado la mente de artistas y escritores; en definitiva, de los más proclives a dar alas a la imaginación, hasta convertirse en una moda irresistible a principios del siglo XX. Como veía, de una manera o de otra, todo el mundo, por poco que alguien se detuviese a pensar, sentía la tentación de soñarse inmortal. Y yo no era una excepción. Si ese niño, Hugo, era capaz de reencarnarse en ese otro niño, Rafael, y sobrevivir a su extinción, yo, quién sabe, también podría; ¿comprendía lo que intentaba decirme? Y, además, debía tener en cuenta que quienes hacen de este mundo lo que es somos los seres reales con fecha de caducidad, porque lo normal era más incontrolable que lo raro. Ya lo sabía: todo lo que superaba el umbral de la muerte era cuestión de fe.

Asistí a dos sesiones, cuya factura ascendió a doscientos euros, lo que me animó a zanjar mis visitas y a solicitarle un informe —según él, muy preliminar— que me describía como una persona muy imaginativa, sensible y empática, desbordada por el estrés y el exceso de responsabilidad.

Estaba de acuerdo con él: entre lo raro y lo normal había que hacer caso a lo normal. Aunque en realidad no estaba conforme, ninguna de sus palabras me hizo dudar de lo que vi y sentí. De todos modos, decidí entregarle el informe preliminar a Lira para que desatascase la situación.

—Lo llevaré yo —se ofreció Irene—. No considera conveniente que tengas contacto con Rafael por el bien de los dos.

Me pareció bien. Iba convenciéndome de que lo mejor para el niño es que fuese lo más normal posible. Yo me haría a la idea de que fueron imaginaciones mías.

No sé cuántos días estuve a la espera de alguna señal de Lira y de la familia del niño asesinado. Y no tuve una, sino dos: aprobé el primer ejercicio de las oposiciones, el más difícil, e Irene recibió un mensaje de Lira comunicando que «la familia esa», ante el informe de mi psicólogo y su declaración, retiraba la denuncia por acoso. No me comentó nada de Rafael ni yo pregunté. Aunque, en el fondo, nada había cambiado. Se había contentado a esa gente, pero no a mí ni a Rafael.

En quince días tenía la segunda prueba de los exámenes y, puesto que lo de la denuncia estaba solventado, me dediqué a estudiar. Cuando me cansaba, pensaba un poco en Rafael y volvía al temario. Me preguntaba qué estaría sucediendo en aquella otra parte del mundo. Y, de esa parte, salió como de un túnel oscuro, una noche en que regresaba de la biblioteca a casa, Lira.

Le llegaba a los pies un abrigo de paño negro. Era la primera vez que me parecía estilizada, incluso delgada; los ojos sobresalían más grandes en una cara más afinada. No llevaba bolso, como si hubiese salido a todo meter del piso. Sacó las manos de los bolsillos y me puso una en el brazo.

—¿Podemos hablar? En ese banco estaremos bien; no quiero que nadie nos oiga.

Accedí y Lira se encendió un pitillo, algo que nunca había hecho antes.

—¿Has empezado a fumar?

—No sé cómo calmar los nervios —dijo, y le cogí uno.

La noche, un silencio sereno en torno al banco. Aspiramos y soltamos el humo, que bailaba en la oscuridad.

—La chica que cuida a Rafael nos ha dejado. Dice que Rafael hace cosas que le dan miedo. Hay que ser payasa.

No pregunté cómo se llamaba. Su imagen nebulosa había ido y venido por mi imaginación varias veces, un cuerpo extraño en la mente de Rafael. ¿Qué le habría dejado allí? Seguramente impotencia para hacerse comprender y confusión, acostumbrado a ir subiendo peldaños de mi mano en sus descubrimientos. Pero tanto el sacerdote como el psicólogo me habrían aconsejado que no pecara de soberbia el uno, y el otro que dejara el ego a un lado cuando la cordura de un niño estaba en juego. ¿Por qué me creía mejor que su última niñera si ni siquiera la conocía?

Y, aunque me limité a escuchar sin intervenir, de repente entendí lo que es la fe. La fe es saber que algo es verdad, aunque no pueda probarse. Y yo sabía quién era realmente Rafael.

—Lo cierto —continuó Lira— es que es comprensible que esa chica se asuste.

—¿Qué quieres decir?

Se encendió otro cigarrillo, que avivó sus palabras. Rafael estaba descontrolado. Cuando la niñera se negó a ir en la dirección que él indicaba, los ojos despidieron un destello que «no era normal», en palabras de la niñera, según Lira. Rafael corría a tal velocidad hacia ese sitio que ella tenía que seguirlo, agarrarlo del brazo y obligarlo a volver, algo que despertaba alarma entre la gente de la calle. Así que, después de intentar apaciguarlo un día tras otro, una semana tras otra y otra, desistió de cuidarlo. A Lira le ocurrió lo mismo: vio el destello en varias ocasiones, como un cristal estallando en el aire, y lo llevó al médico porque temía que las contrariedades, la frustración de no acatar sus deseos, le produjesen un cortocircuito en el cerebro que le afectase a la vista —la rotura de un nervio o algo así—. Leonardo no se había preocupado demasiado por esto, decía que eran imaginaciones, que su hijo era completamente normal, y dio carpetazo al asunto.

—Vamos de médico en médico —se lamenta Lira—, y todos coinciden en que tiene un vítreo muy sensible que recoge la luz de una manera extraordinaria y que, en esas ocasiones en que se han producido los destellos, es porque de casualidad algún rayo de sol o de algún farol, incluso la pantalla de un móvil, ha impactado en el iris. No hay otra explicación... ¿Qué te parece? —pregunta.

—Muy razonable y tranquilizador. Quizá exageré, lo siento.

—Ya, ojalá. La cuestión es que un día me dejé dirigir hacia donde él corría y me encontré en el portal del piso de mi antiguo alumno Hugo. Casi me desmayo. Ocurrió lo que me habías contado.

—Bueno, siempre puedes pensar que de alguna manera fui yo quien lo llevó allí y que a él le gusta repetir el camino.

—¿Y fue así? Sácame de dudas, por favor. No me entra en la cabeza que mi hijo no sea del todo mi hijo.

—No puedo —contesté—. Rafael intenta decirte algo. Hazle caso.

—¿Y cómo? —preguntó sorbiéndose las lágrimas.

—Con fe. Ten fe. La fe lo resuelve todo.

Me levanté, y ella, también. Las sombras de las ramas se balanceaban por una frente, nariz y boca más aniñadas que antes. También los ojos se le habían agrandado y al abrirlos resultaban desmesurados. ¿Me estaría burlando de ella?, se preguntaría.

—Suerte con las oposiciones —dijo, y se alejó.

Si no fuese por la fe, podría estar invadida de dudas.

A medida que pasaban los días, la distancia, más que aclarar las cosas, las alejaba y se juntaban con otras también alejadas. Y, al tener yo un objetivo tan claro y estar tan unida al niño, pude comportarme como esos péndulos que se balancean sobre la mano abierta y cuyo movimiento uno dirige según sus deseos de forma inconsciente; así que, de una manera imperceptible, mi mente pudo propiciar los decididos movimientos de Rafael de aquellos días.

La visita de Lira me tranquilizó. Lo hubiese provocado o alimentado yo o no, lo que le sucedía a Rafael era real, al menos para tres personas: él, su madre y yo, sin contar con la percepción que tendría la familia de Hugo.

No obstante, me centré en preparar la segunda prueba de las oposiciones. Cualquiera podría pensar que iba buscando una seguridad y solidez totalmente contrarias a mis vivencias de los últimos tiempos. Y me agradaba la idea de tenerlas; quizá, desde la barrera de lo seguro, podría involucrarme mucho mejor en lo inseguro.

Nada más terminar el examen, una tarde fría, con ese ambiente que todo lo vuelve tan duro que incluso un golpe de viento puede dejarte inconsciente, recibí una llamada de Lira. Desde mi infancia no había vuelto a atravesar unas calles tan cortantes. Atraían la oscuridad desde las cinco de la tarde.

Me hizo señales con los faros encendidos.

—¿Qué tal te ha ido? —preguntó—. Llevo esperando dos horas y acabo de ver que empieza a salir gente. ¿Te interrumpo?

—Un poco de calefacción me vendría bien; en el aula me había quedado helada.

—Seguro que apruebas —dijo en cuanto entré—. Eres muy sensitiva.

Vi pasar por la ventanilla a opositores con caras tan satisfechas que cerré los ojos.

—Quiero decir, lista —se corrigió—. ¿Te llevo a casa o prefieres que tomemos algo? Te relajará.

Accedí y paró ante un hotel desde cuya puerta refulgía la barra. Le entregó las llaves al portero.

—Así no tengo que marearme buscando sitio —dijo. Y, al tiempo que me preguntaba a mí misma con quién se habría quedado Rafael, agregó—: Está con su padre y esa madrastra de coña.

De pronto, Lira, con su nueva esbeltez y belleza, se

había convertido en una mujer decidida. Llevaba medias negras y una falda con dos rajitas a los lados por donde asomaban los muslos que yo sabía que eran bastante bonitos. Ahora no tenía nada que envidiarle a la joven novia de su ex.

—No veo muy contento a Leo. —Por «Leonardo»—. Creo que se está cansando de ella —dijo, y pidió un cóctel sin consultar la carta, por lo que estaba familiarizada con esta atmósfera ámbar y aterciopelada.

Yo me pedí una cerveza.

—Quiero que vuelvas con Rafael —arrancó, acercando su alambicada copa a la austeridad de la mía para brindar—. No me digas que no; piénsatelo, ponte en mi lugar. ¿Quién en su sano juicio se habría creído algo así? No puedes culparme.

Y continuó alegando que estaba pasando por un momento horrible: «Nunca he llegado a sentirme bien del todo, cualquier cosa me sobrepasaba, no he tenido juventud», y todas esas cosas.

No me comprometí. El hecho de ver al niño después de tanto tiempo, como es el tiempo en el estrambótico reloj de la infancia, me impedía adivinar con qué me encontraría, si me recordaría, si sus habilidades habrían aumentado o mermado, si seguiría siendo el niño cariñoso de antes del verano, de antes de un salto que nos había traído en volandas hasta el invierno, como si un gigante me hubiese cogido en brazos para cruzar el mar del tiempo sin mojarme. Aguardaría, para tomar una decisión, a conocer el resultado del examen. Si aprobaba, debería hacer unas prácticas y no podría atenderlo y, si no aprobaba, me encontraría desfondada para volver a la vida de antes. Lo que ocurría era que una cosa son los planes y otra el presente con todas sus imposiciones y una sorpresa que no esperaba.

—¿Qué piensas hacer con la propuesta de Lira? Me ha llamado para que te anime a aceptar —me soltó de sopetón Irene—, y se me ocurrió que, si tú no puedes, yo sí podría; tengo las tardes libres.

Rafael sería una buena excusa para que Irene saliera de casa. No podía permitirlo: no entendería nada. Así que al día siguiente llamé a Lira y le comuniqué que antes de tomar una decisión en firme necesitaba ver al niño y comprobar si todavía congeniábamos. Lo mejor sería que fuésemos ambas a buscarlo a la escuela infantil.

Suspiró profundamente:

—Ya no sé qué excusas poner en mi trabajo; estoy volviéndome loca, porque Leo —por «Leonardo»— colabora muy poco.

Se me quedó mirando, buscándome entre caras, destellos, objetos, sensaciones, toda una vida ya vivida, aunque fuese corta, también entre las sombras de la otra vida, también vivida y más larga, de Hugo. Luego vino hacia mí, pasó de largo y se negó a mirarme; estaba enfadado conmigo. Lo había abandonado con una niñera que no lo comprendía y con una madre que sufría demasiado, con un padre lejano. Se sentó en la silla muy serio e indiferente a todo lo que lo rodeaba. Llevaba unos bombachos de pana y botas de agua amarillas. Había crecido; la cara era de más mayor. Lira le insistía en que me mirara y pronunciaba mi nombre, sin resultado. Si de verdad se hubiese olvidado de mí, no lo demostraría con tanta obstinación. Fui hacia él y le alboroté el pelo; se le había rizado más. Luego me agaché:

—Perdóname —le rogué.

No tenía por qué pedírselo, porque no había sido culpa mía, pero, en el fondo, cedí muy pronto a la petición de Lira de salir de su vida. Debí insistirle, debí enfadarme con ella, debí hacerle ver que su hijo cargaba con un problema que nos excedía y que debíamos buscar ayuda.

Me volví hacia la madre y le propuse buscar ayuda, que podría ser que yo exagerase y que fuésemos víctimas de una sugestión, pero que, de alguna manera, había que salir de este callejón.

—¿Te refieres a exorcismos y cosas así?

—No, la fe ya la tenemos, al menos yo. Ahora hay que buscar la verdad.

Hablar de la verdad era hablar por hablar. La mayoría de las verdades no eran verdad, pero buscarla siempre suponía el comienzo de algo.

Rafael nos oía y nos observaba de reojo.

—Lo entiende absolutamente todo. En estos meses ha evolucionado mucho. El verano lo fortaleció y te eché de menos cada semana, seguro que también Rafael. Me lo llevé a la playa por eso de que ojos que no ven, corazón que no siente, pero a la vuelta a la escuela infantil todo empezó de nuevo —dijo Lira.

Me agaché hacia él.

—¿Quieres que vayamos al piso de la calle Velázquez, 39?

—Sí —contestó con claridad.

Lira y yo nos emocionamos. A Lira le habían desaparecido aquellas mejillas rosadas que la envolvían en ingenuidad y habían aparecido ojeras que le imprimían un aire mundano.

—Falto mucho al colegio. Temo perder el respeto de mis alumnos y de los otros profesores. A veces creo que van a echarme.

—No pienses ahora en eso —dije—. Vamos a concentrarnos en Rafael. —Y cesamos de hablar.

El viento arreciaba y atravesábamos remolinos de papeles y hojas secas.

—No sé si tendrá frío —comentó Lira.

—No lo distraigas —sugerí.

Y, de pronto, apareció ante nosotros el número 39 de la calle Velázquez, un edificio más ancho que alto, con grandes ventanas, que de un momento a otro iba a volcarse sobre nosotros.

—Es el quinto —dijo Lira—. He estado aquí tres veces. Una porque Hugo faltaba a clase con excesiva frecuencia, otra para devolverles un trofeo de matemáticas y la última tras su fallecimiento, y ahora que lo pienso siempre salí con una gran sensación de soledad. No de mi soledad, sino la de Hugo.

Cuando Lira mencionó este nombre, Rafael se volvió hacia ella y saltó de la silla. Pero para nuestra sorpresa no anduvo hacia el portal, sino hacia unos contenedores ubicados dos calles más allá, en un recodo. Había cinco, y Rafael se detuvo junto a uno grande y marrón con el letrero de ORGÁNICO. Lira y yo intercambiamos nuestro asombro, cada una a su manera; ella apretándome el brazo y yo sin moverme, mientras Rafael pronunciaba la palabra «Hugo».

—¿Hugo? —le pregunté, pero él ya había iniciado la marcha hacia la silla. Parecía cansado y no intentó entrar en el portal.

—Hoy ha tocado natación —dijo Lira—. Vamos a darle de merendar.

Nos sentamos en una pastelería.

—No quiero que tome azúcar, pero un día es un día —añadió Lira, ahorrándose lo que ambas estábamos pensando: que lo que había ocurrido podía significar todo o nada.

Habría oído tantas veces el nombre de Hugo que se le había quedado. Los niños eran como esponjas. Los niños a todas horas querían y hacían cosas que no se entendían y que quedaban retenidas en un limbo clausurado al resto de su vida. ¿No sería yo misma la reencarnación de otra persona que no quería dejar de existir por completo? ¿Por qué me gustaban unas comidas y aborrecía otras? ¿Por qué me creaba una fobia irracional ver, por ejemplo, las semillas negras y redondas de cualquier fruta? Y entonces comenzó a rondarme una idea. En la pastelería, Rafael se echó en los brazos de Lira y se durmió.

—Tú eres su madre, no lo olvides —le dije—. Una cosa no tiene que ver con otra.

¿Estaba hablando en serio?, ¿no tenía nada que ver nacer en una familia y pertenecer a otra? Y se le llenaron estos ojos agrandados de los últimos tiempos de unas lágrimas más densas y redondas que antes.

Ya no estaba sola en esto. Tras la conversación con Lira, veía claro que había que actuar y llegar al final; si no a la verdad, a alguna explicación. De momento, ya no tenía que estudiar, así que puse en práctica la idea que tenía en la cabeza y me pasé la noche en vela buscando en internet casos de reencarnaciones. ¿Quién cree en algo así? Jamás se me había pasado por la cabeza tal cosa hasta que me topé con Rafael. Si fuese cierto, él se sentiría terriblemente incomprendido y yo también me sentía así. Y ahora Lira.

Todos los casos con los que me topé habían sucedido en el Tíbet y en la India. Una niña que buscaba desesperada a su auténtica familia y, cuando la encontró, se quedó con ella y se hicieron una foto en grupo: los niños lamas. Pero, en todos los casos, en el alma del reencarnado saltaría una chispa que pondría en marcha la búsqueda. Y podría ocurrir que muchos adultos anduviésemos desorientados y crispados porque no supiésemos interpretar esa chispa.

Era bastante probable que el detonante para Hugo fuera su terrible e inexplicada muerte. Hugo, por lo que fuera, se había resistido a desaparecer, necesitaba comprender algo o resolverlo, no podía irse en paz y por eso eligió al hijo de su querida profesora Lira. A la vista del cariño que sentía por Hugo, lo mucho que le preocupaba su bienestar y lo que sufrió con su muerte, lo más normal era que también Hugo sintiera lo mismo hacia ella, en cuyo caso, de tener que sobrevivir en otro ser, sería muy lógico hacerlo en Rafael, lo que significaría que a Hugo se le había concedido el supremo don de la elección.

Imaginarlo me resultaba imposible. ¿Cómo podía hacerse algo así, colarse desde el más allá en un ser de esta vida? Era una locura, no me extrañaba que Lira me echara de su casa hasta que ella misma empezó a ver ciertas cosas. ¿Y por qué no? ¿Qué sabíamos? No sabíamos nada, no sabíamos cómo funcionaba el universo, no se había encontrado la teoría del todo, no teníamos ni idea de quiénes éramos. Las personas religiosas creían en seres inventados y les hacían más caso que a los seres visibles. ¿Por qué no iba a creer yo en lo que hacía Rafael? ¿Qué contravenía sus actos, qué tipo de lógica o razón?

Constantemente, con cada descubrimiento o avance científico, estábamos saltándonos la lógica. A veces nos convencíamos de entender teorías muy enrevesadas mientras que las acciones de Rafael eran claras y comprobables: sabía dónde estaba la casa de Hugo, reconoció el trofeo del colegio, reconoció a su hermana y a su madre y usaba un fulgor sobrenatural en los ojos que le servía para llamar la atención como algunos peces también brillaban en las profundidades marinas. Cada uno usaba sus recursos como podía. El que no fuera algo habitual no lo hacía menos real.

Me invadió una cierta paz, una cierta conformidad con el mundo y con lo extraño, porque había dejado de ser extraño para mí y estaba dejando de serlo para Lira. Y, sin embargo, a pesar de todo, Rafael era un niño al que le gustaba jugar. Caí en la cuenta de que nunca le había regalado nada y, de camino a su casa, me metí en unos grandes almacenes para comprarle algo. Me gasté el dinero que no tenía en una grúa con complementos.

Eso tenía que gustarle, y pedí que me lo envolvieran ostentosamente para regalo.

Lira me abrió mientras continuaba hablando con alguien que estaba en el salón. En realidad, del salón salían varias voces más. Entré con cierta precaución, sin pisar en profundidad. Era una mañana neblinosa de sábado, como si hubiesen soplado harina al viento. De pie, en relieve sobre este fondo, un chico con vaqueros y cazadora de ante se volvió hacia mí. Era el policía que había investigado la muerte de Hugo.

—Duarte —aclaró, tendiéndome la mano.

Del sofá asomaban las musculosas piernas de Leonardo en mallas de correr. Y la delgada Lira de ahora llevaba unos pantalones de chándal de la Lira de antes, lo que le imprimía un desarreglado aire adolescente. Saludé en general y me dirigí a Rafael, que levantó la cabeza de un cuento del que emergían torres y árboles.

—Te traigo una cosa —le dije.

Y él se precipitó sobre el paquete con lazo.

—Es una grúa —añadí, y lo ayudé a deshacer el envoltorio sin romperlo.

Le gustaba, y se la llevó a la pequeña terraza cubierta al fondo del salón.

—¿Queréis tomar algo? —preguntó Lira.

Negamos, cada uno a nuestra manera.

Leonardo se quejó, dirigiéndose a Lira, de que lo hubieran avisado tan tarde.

—Estaba a punto de...

Y Lira lo miró indignada.

—Nos concierne a todos.

—Bueno —los interrumpió Duarte, el joven policía,

cuyo rango yo ignoraba—, no vengo de forma oficial. Simplemente me gustaría conocer algún detalle más de por qué la familia de Hugo les ha acusado de acoso y después ha retirado la denuncia.

Lira y yo nos sobresaltamos. ¿Era el momento de contar toda la historia de Rafael, entusiasmado ahora mismo con la grúa? Era la una y media, hora de dirigirse a algún restaurante o a casa de amigos, y este relato podría durar horas. Así que tomé la palabra.

—Sería muy largo de contar, pero en resumen se trató de un malentendido.

—Sí —continuó Lira—. Hugo fue alumno mío y quizá me pasé de la raya en mi preocupación por él y por su fallecimiento. La familia no comprendió que la responsabilidad de un educador va más allá de las paredes del aula.

Sorprendí a Leonardo escuchando y observando a Lira con algo de admiración, como si la distancia y el olvido le hubiesen devuelto cierto atractivo.

Duarte continuaba intrigado.

—Pero ¿qué preguntas les hizo o cómo actuó para que se consideraran agredidos?

Y de pronto Leonardo se sintió empujado a apoyar a la que fue su mujer antes de la indiferencia.

—En las circunstancias en las que se encuentran esas personas, cualquier comentario o intromisión en sus vidas puede herirlos. Están bajo la presión de tal dolor que exageran. Lira nunca ha pretendido incomodarlos.

—Ya, ya, pero algo habrá visto o detectado que le haya llamado la atención —siguió él, dirigiéndose a Lira, sin bajar la guardia.

—Como le comenté la vez anterior, de niño faltaba a

clase y era muy débil. En alguna ocasión apareció con moratones o con un brazo roto. Dicho así suena mal, pero comprobé que era todo normal.

—Muy normal no ha sido. Tampoco que usted les pusiera en el disparadero de tener que denunciarla.

Iba a decir que todo había sido culpa mía, que también yo había visitado la casa, pero cuanto más se alargara la conversación sería peor. Todos lo comprendimos y todos callamos. En el silencio se oían los bloques que caían de la grúa, lo que sacó de sus pensamientos al policía, que echó una ojeada a su alrededor y luego al reloj.

—No quiero entretenerlos más. Como he dicho, es una visita enteramente personal.

Se despidió dándonos las gracias. Nosotros también se las dimos a él. Leonardo aprovechó para levantarse con rapidez, besó a Rafael e iba a besar a Lira, pero se contuvo. De mí se despidió con la mano.

—Le estará esperando esa para comer —dijo Lira con desprecio, que ya no era un desprecio como los de antes, sino un desprecio que tapaba una preocupación más grande—. ¿Tendríamos que haberle contado algo a Duarte? —preguntó.

Yo también me lo pregunté, pero no era el momento. Me senté un rato con Rafael y la grúa. Ahora era un niño normal, no un niño con un chico de quince años dentro. Le pasé la mano por los rizos, observé sus preciosos ojos azules. No se parecía nada al débil Hugo del que hablaba Lira. Rafael iba a ser fuerte como su padre, tan ágil que subía y bajaba escaleras siendo muy bebé, no tenía pinta de que fuese a caerse desmayado en un contenedor de basura. Las manitas eran grandes para su edad y seguro que, al contrario que Hugo, se agarraría muy bien al borde del contenedor. Si de verdad Hugo se había reencarnado en Rafael había elegido bien. Pero ¿para qué? ¿por qué? Rafael me dirigió unas frases ininteligibles cargadas de razón. Después de esto permanecimos un par de minutos en un silencio extraño, que rompió su madre:

—Pronto pronunciará mejor las frases y nos aclarará algo, aunque ese instante me da miedo. Preferiría que mi hijo fuese normal, un niño normal sin recuerdos de otra persona.

Rafael clavó su transparente azul en el transparente azul de su madre. Lira se sujetaba la cara con las manos intentando mantenerla en su sitio.

Ayudé a Lira a darle de comer y a convencerse de que hay peores cosas en la vida. Y en cuanto Rafael se durmió me despedí, deseaba ir al cine o de compras; sumergirme en la simpleza. El frío se me metió por la nariz y me arrancó unas lágrimas, como si el cerebro quisiera descargarse de peso. Mientras caminaba por la acera con las manos en los bolsillos, a solo unos pasos del edificio, oí unos golpes en un cristal y volví la cabeza hacia allí.

Era Duarte, el policía, que me hizo señas de que pasara dentro. Sostenía unos palillos entre los dedos. Hasta ahora no me había fijado en que en esa calle hubiese un restaurante coreano. Estaba solo en una pequeña mesa de dos y tenía delante un gran bol y un vaso de té.

—¿Has comido? —preguntó tuteándome—. Pídete algo y entra en calor.

Al momento tenía ante mí otro gran bol con verduras, fideos, trozos de cerdo empanado. Me reanimó. Él observaba mis ojos enrojecidos, que estaría atribuyendo a alguna emoción.

—Estaba esperando que salieras, aun a riesgo de que no lo hicieras hasta la noche.

—¿Por qué a mí? —pregunté—. Solo soy una niñera por horas.

—Por eso —contestó sin más explicaciones.

—No creo que esa denuncia por acoso tenga tanta importancia como para que desperdicie unas estupendas horas de sábado, a no ser que esté muy aburrido —dije sin ceder al tuteo, porque Duarte, con su cara de crío y en vaqueros, no dejaba de ser alguien acostumbrado a indagar, escudriñar y fisgonear.

—¿Te ha gustado el ramen? Es de los mejores que he probado... Tampoco tú pareces tener mucha prisa. Pensaba que ni siquiera te sentarías conmigo.

Tener que sostener con la punta de los palillos unos granos de arroz tambaleantes hasta llevarlos a la boca ayudaba a no hablar demasiado y a no meter la pata. A pensar si aprovechar la oportunidad de contarle lo que sabía.

—Casi estaba a punto de pasar página y olvidar el accidente de Hugo cuando la denuncia por acoso me ha despertado, me ha alertado. A pesar de que la hayan retirado, la gran pregunta queda en el aire: ¿por qué fuiste a su casa? ¿Qué buscabas? Tú no conocías a Hugo. Lo conocía Lira y es comprensible que dejase caer ciertas insinuaciones que no gustaron a la familia. Pero ¿tú? ¿Te pedía Lira que les dieras algún mensaje?

Había llegado el momento. Duarte y yo podríamos ser solo amigos, dos compañeros de oposiciones intercambiando inquietudes, dos jóvenes con todo un posible futuro por delante, y esta tarde, una tarde cualquiera.

—Está chispeando —dije, y dejé pasar unos eternos cinco minutos. Sin pruebas, todo lo que le contase parecería una locura.

Estaba desconcertado, casi nervioso, a punto de insistirme para que le aclarase alguna duda de las miles que tendría en la cabeza.

—Cuando consiga pruebas, volvemos a hablar. Con pruebas, todo sonará mejor —concluí y pedí la cuenta.

Él no hizo el amago de pagar. Mejor, cada uno lo suyo.

—¿Y entonces me tutearás? —preguntó con una sonrisa que dejó al descubierto unas encías sonrosadas, unos labios ni carnosos ni demasiado finos rodeados de puntas de barba incipiente.

En el instituto me habría gustado bastante y quizá también en la universidad. Era consciente de que, si se lo proponía, podía atraerme. Deseaba gustarme, ¿querría eso decir que le gustaba a él? ¿Debería sonreírle también? ¿O pretendía sonsacarme toda la información posible?

—Está bien —dijo volviendo al estatus de policía—, con pruebas o sin ellas tendrás que explicarme cómo y por qué fuiste a casa de Hugo. Creo que en varias ocasiones, según aparece en la denuncia, aunque he procurado no airearlas.

Me pidió mi teléfono y mi domicilio.

—Podría conseguirlo, pero es más fácil así. —Y volvió a sonreír—. Me intrigas mucho.

No sabía por qué regresaba contenta a casa. La sopa

coreana me había animado y me fui andando por el camino más largo entre la bruma y las tiendas de ropa, que siempre miraba de reojo, salvo que en esta ocasión una alegría un tanto infantil empujó la mano hacia un jersey, sin darme cuenta de que entre la grúa para Rafael, la sopa y el jersey no me quedaría nada, por lo que le pediría a Lira que me adelantase algo de dinero.

Es curioso que para pensar profundamente en unas cosas tienes que pensar superficialmente en otras. Mientras me probaba el jersey y pensaba que me favorecía el color, y mientras lo doblaban y lo metían en una bolsa y me sentía contenta porque ya era mío y podría ponérmelo en una hipotética cita con Duarte, estaba forjándose otra idea, como los gusanos bajo la tierra, y no podía esperar al día siguiente. Arranqué las etiquetas del jersey, tiré la bolsa, me lo puse y me presenté, sudorosa de nuevo, en el piso de Lira.

—Necesitamos pruebas para que nos tomen en serio. No es suficiente con nuestras impresiones, ni con la historia del trofeo ni con todo lo que sabemos que sabe Rafael. Nuestro relato es subjetivo —le espeté nada más abrir la puerta.

Debíamos empezar a pensar que, si Hugo se había reencarnado en Rafael, era porque le sucedió algo más que un accidente y, en cuanto lo descubriésemos, se quedaría en paz, abandonaría a Rafael y Rafael se convertiría en un niño normal.

—¿Qué te parece?

Cuando le hablaba en estos términos, Lira se bloqueaba y empequeñecía. No era posible que algo tan extraño le sucediera a ella. ¿Por qué a su hijo? Y entonces comenzaba el trabajo arduo de tener que convencerla de que a todo el mundo le pasaban cosas inexplicables, aunque se lo reservasen para sí mismos.

Le puse el móvil ante la cara, en señal de que allí, en aquel rectángulo, había algo importante.

Rafael jugaba a dibujar en unas cartulinas. La grúa que le regalé dormitaba en un rincón; ya se había cansado de ella.

Lira, con la vista puesta en la pantalla del móvil, preguntó recelosa qué ocurría. Y entonces empecé a pasar poco a poco las fotos y el vídeo que había hecho hacía unos meses en casa de Hugo y Lorena.

—Si Rafael reconoce la casa por dentro, podría ser una de las pruebas que necesita Duarte.

Lira suspiró, sobrepasada por la novedad; fue un suspiro dolorido y lleno de dudas: podríamos perturbarlo.

A mí también me invadió una duda repentina, que intenté espantar. ¿No sería mejor dejar que pasase el tiempo y fuese olvidándose de lo que fuera que recordase?, pensamos ambas.

—No somos responsables de lo que le ocurriera a mi antiguo alumno. No somos policías. Tú ni siquiera conociste a ese pobre chico. Todo es una soberana suposición —dijo Lira.

Y asentí convencida. Tenía toda la razón. Algo de Hugo quedó en el aire y Rafael lo captó. Algo de todos nosotros queda en el aire y en el resto de las personas conocidas y desconocidas. Todos conservamos algo de todos. A veces, personas que viven en países muy alejados se parecen como dos gotas de agua, y reconocemos las mismas emociones y sentimientos, aunque estemos al otro lado del mundo. Quizá porque el mundo es bastante pequeño, y la humanidad, también.

—Sé que el lunes, cuando yo no esté presente, le enseñarás el vídeo a Rafael. Así que prefiero que lo hagas ahora —dijo Lira, y lo llamó.

En cuanto Rafael vio el móvil, vino alborozado junto a mí. Creía que íbamos a ver dibujos. Al principio se desconcertó, ¿qué es esto? Un vestíbulo con cuadros, dos sillones forrados de seda roja y una araña de cristal colgando. Un pasillo con tarima de la que cruje al pisarla. Un salón con enormes miradores, sofás de terciopelo, mesitas de centro de caoba, aparadores, más cuadros, espejos dorados, un piano de cola. Señaló el piano y detuve la imagen. Pero abrió mucho los ojos para señalar otro mueble, el mueble donde Lorena había guardado el cuaderno o agenda de su abuela. Tocó con el dedo un cajón en concreto.

—¿Qué hay ahí? —pregunté.

Lira asistía asustada a la escena.

Rafael insistía en señalar, y me dio miedo que se esfumase el momento. ¿Qué podía preguntarle para no distraerlo ni agobiarlo?

—¿Qué hay ahí?

Oí la respiración agitada de Lira.

Y entonces Rafael se dirigió hacia su arsenal de juguetes y me trajo un cuento. ¿Para que se lo leyese? ¿Se había cansado del vídeo?

—¿Hay un cuento ahí?

—Sí —dijo con claridad.

—¿Estás seguro?

Y Rafael cabeceó afirmativamente.

Noté la sangre corriendo arriba y abajo, si eso era posible, e hice lo que creí que debía hacer: auparlo sobre mis rodillas y leerle el cuento. Lira se levantó y se dirigió a la cocina. Se oía el grifo.

Sin embargo, para Lira no estaba tan claro. En realidad, ¿qué había ocurrido? El niño señaló un mueble y me trajo uno de sus cuentos y, además, cuando estuvimos en el piso de Lorena, él debió de ver cómo ella guardaba el cuaderno allí. Y a pesar de todo yo estaba segura de que para Rafael el cuaderno era importante, una clave.

—No quiero que metas a mi hijo más en esto. Quiero que hagamos lo posible para que se aleje de esta historia. La natación le encanta y le encantarán más cosas de niños normales.

—No te preocupes —le dije—. Hemos llegado al final.

Al día siguiente llamé a Duarte. Contestó con voz seria; imaginé que estaba con su novia o puede que fuera su mujer.

—Necesito verle. Es importante. Es sobre el caso de Hugo, el chico del basurero.

Me decepcionó que me propusiera esperar al lunes. De alguna manera me había parecido que le gustaba, y lo que gusta está por encima de todo lo demás. Sin poder evitarlo, la voz se me desajustó; las piezas que me mantenían más o menos firme iban aflojándose.

—Está bien —dijo por fin, y me citó para tomar un café a eso de las cuatro en un Starbucks del centro.

Aunque pensé ser escueta e ir al grano (decirle que creía que en casa de Hugo, en el cajón de un mueble estilo *art nouveau* del salón, se ocultaba un cuaderno con indicios sobre la muerte de Hugo y quién sabe qué más), no pude evitar cambiarme dos veces de ropa. Vestido, pantalones formales y, al final, vaqueros.

Ambos llevábamos camisetas de manga larga debajo de gruesos plumas; el suyo negro, el mío rojo. Me sentí desesperadamente tonta ilusionándome por tomar un café con alguien que parecía mi hermano pequeño, por su aspecto adolescente.

—¿Y bien? —preguntó después de pedirse un capuchino.

También me sentí miserablemente tonta por todo lo que me había pasado sin pretenderlo siquiera.

—Siento haberte hecho venir. Lo que iba a contarte es tan descabellado que creo que podemos dejarlo.

—¿Ya has decidido tutearme?

No lo había decidido, me salió en cuanto se me pasó por la cabeza que podría ser mi hermano pequeño.

—En fin, ya que estoy fastidiándote la tarde no tengo más remedio que ponerte al corriente de todo.

Solo dije lo del mueble y que había prometido no implicar a la fuente.

—Pensé que era mi deber informarte. También que podría ser una falsa alarma, aunque no lo creo.

Me observaba con detenimiento, sobre todo cuando creía que no me daba cuenta. Debía de pensar que estaba trastornada. Me lo imaginé rodeado de muchos compañeros y compañeras de trabajo, casi todos jóvenes, entrenados, despiertos y con muchas ganas de vivir. Me lo imaginé muy distinto a mí y me levanté, dejé el dinero de mi café en el platillo de la camarera. Él permaneció sentado con el móvil en la mano.

—Te tendré al tanto —concluyó como despedida.

¿De qué?, ¿cuándo?, ¿cómo?

Fingí no tener curiosidad, fingí que esta historia había terminado para mí.

Me encantaba el invierno y también que, después de tomar un café con alguien, el aire me diese en la cara y se me metiera por los poros, pero ahora ya no era bastante.

QUINTA PARTE

Me enteré por el telediario de las nueve de que, por fin, la policía había resuelto el caso del niño del basurero. Lo cierto es que se creía resuelto, pero nuevas sospechas y nuevas pruebas habían reabierto la investigación, en cuyo transcurso había sido detenida la hermana del chaval, Lorena, de diecinueve años, que de momento pasaba a un centro penitenciario especial, puesto que cuando ocurrieron los hechos tenía diecisiete. Un extraño fratricidio en que el principal móvil parecía ser una herencia. Y al mismo tiempo se abrieron otras líneas de investigación dentro de la propia familia.

Así que Duarte me hizo caso y registró la casa misteriosa. ¿Encontró el cuaderno? ¿Su contenido era tan incriminatorio? ¿A qué se referían con eso de otras líneas de investigación? Aunque Rafael pudiera hablar y se acordara de todo, no lo sabría todo porque era improbable que Hugo dilucidara, ni muerto ni vivo, que su hermana tuvo algo que ver en su muerte. Era impensable que esa chica, mientras la trenza le caía sobre el lado derecho del jersey de angora rosa, le hiciera mal a su hermano, pero aún era más impensable que el inocente Hugo muriera a manos de alguien, que alguien deseara su muerte.

Y desear la muerte no era tan raro: la gente deseaba

matar y mataba. De todos modos, si hurgaba en la mina de las percepciones más oscuras y si debía existir alguien que precipitara a Hugo a la nada, la indolencia de Lorena, su trenza, su jersey como de algodón de azúcar y sus calcetines gruesos, su mirada huidiza traían consigo algo profundo y definitivo, un cierto desplante a la vida. Me tentó la idea de llamar a Duarte, pero no lo hice porque me quedé ensimismada con la idea de que Hugo se había aprovechado de Rafael por la necesidad de llegar a su propia conciencia. ¿Y consistiría en esto la vida, en acabar cerrando un círculo que solo uno conoce? ¿Y eso para qué? ¿Lo estaría consiguiendo Hugo?

Y a las once de la noche Lira se presentó en casa, lo que llenó de alborozo a Irene.

—¡Qué pena no tener reservas de champán! —exclamó quitándole el abrigo para dejarlo caer en el respaldo del sofá.

La vida desesperada de Lira le encantaba. Significaba más que una amiga: era un espectáculo trágico, una obra de teatro en sí misma, una película que iba de giro dramático en giro dramático. Y se la había proporcionado yo, mi mejor regalo, sin que ella sospechara que podría haber tenido un regalo mayor.

—He dejado a Rafael con una vecina. Solo he venido para advertirte —se refería a mí— de que no quiero que Rafael acabe siendo un mono de feria. He visto las noticias.

—Jamás lo he mencionado. Duarte no sabe nada. Es demasiado increíble.

Le cogí las manos; los anillos estaban fríos.

—Ya ha terminado todo —dije.

Irene no se enteraba de nada, estaba rebuscando algo

bajo el fregadero y apareció con media botella de vino blanco —seguramente caliente— y tres copas.

—¿Os atrevéis? —dijo en plan festivo.

Y Lira llenó su copa y se la bebió de un trago.

—Leonardo se ha casado este fin de semana.

Confesión que animó a Irene a abrazarla por los hombros.

—Eres una belleza —le dijo.

Y era verdad, parecía que la Lira de antes había estado ocultando a la excelsa Lira de ahora.

Rafael estaba alegre. Salió corriendo de la escuela y no pude despojarlo del babi porque otros compañeros también salieron con el babi puesto y él no quería ser diferente. Ya casi no era diferente, no me señalaba la dirección de la casa misteriosa y dentro de poco le resultaría indiferente. Bendita indiferencia.

De pronto me llamaba por mi nombre mal pronunciado: Alicia. Le advertí de que hasta que se cansase podía ir andando a mi lado, pero no corriendo, sobre todo para cruzar la calle. Le pareció bien y nos detuvimos en un parque con columpios y toboganes. Se lo contaría a Lira. Le contaría el cambio que estaba experimentando Rafael, como si ese chico, Hugo, hubiera salido de él o se estuviera alejando hacia donde se alejasen las conciencias sin cuerpo.

Pero cuando llegamos a su apartamento descubrí, nada más entrar, una chupa de cuero, que preferiría que no fuese de Leonardo y no dejase así la consabida amargura entre estas blancas paredes.

—Mira quién está esperándote —anunció Lira con esa aura casi alegre y casi triste de los últimos tiempos.

—He venido a hablar con la profesora de Hugo y también tenía intención de llamarte a ti, pero ya que estás aquí...

Lira me echó una mirada admonitoria, que esperaba le hubiese pasado inadvertida a Duarte.

—Esperemos —dijo— que el niño no sufriera. Es ya lo último que puede pedirse. De todos modos, jamás se me habría ocurrido que fuese la hermana. En estos casos se piensa en la madre o en el padre.

Según él, Lorena no pudo con la presión de ver registrar la casa minuciosamente, ni con las preguntas sobre las horas, los minutos en que su hermano pudo hacer esto y lo otro y lo de más allá. Toda la familia se liaba con lo que estaban haciendo en cada instante y, encima, una vecina del cuarto B, de nombre Margot Rius, vio a Lorena —algo a lo que hasta ahora no le había concedido importancia; ¿cómo iba a concedérsela?— andando por la calle prácticamente detrás de Hugo, camino de los contenedores, la noche en que el chico desapareció. Y fue entonces cuando Lorena estalló y confesó que, en efecto, lo siguió porque, sin querer, le había descubierto echándose en el vaso de leche un puñado de ansiolíticos de su madre —era un niño inadaptado y miedoso y a veces tomaba algo para dormir—, y temió que se marease por el camino, pero cuando llegó a los contenedores ya no lo vio; no se le ocurrió que se hubiese caído en uno de ellos.

¿Y no le habría empujado ella? Ante esta pregunta, hecha por Duarte tal vez con un tono de voz intimidatorio, admitió que no recordaba lo que había sucedido, que tenía la mente en blanco, que siempre creyó que despertaría y saldría de allí. Al momento, vio cómo caía. Luego había mentido y sí tenía conocimiento de que su hermano yacía allí dentro. Por lo visto, lo único que hizo Lorena a partir de estas consideraciones que apuntaban manifiestamente a su culpabilidad fue llorar y llorar, y después desplomarse en un profundo mutismo que nadie fue capaz de romper, y decidieron que necesitaba ayuda para aclarar su mente, por lo que, por ahora, ingresaría vigilada en un centro de menores.

Duarte parecía apenado, pero no sorprendido. Los hechos más terribles e incomprensibles a veces eran los más notorios.

—Un contexto familiar difícil pero no infrecuente cuando hay herencias y almas heridas. Era evidente que estaba harta de que todo fuese para su hermano, el hijo verdadero del padre, en tanto que Lorena solo lo era de la madre, y que a ella sus abuelos paternos, los únicos que conocía, no la considerasen de su sangre, sino una imposición.

Los indicios apuntaban a que la nombraron segunda heredera solo para no enfadar a su madre, Montse, aunque al parecer sí la enfadaron, y cabía la posibilidad de que interviniese en la prematura muerte del abuelo, según escribió a mano su esposa, doña Luisa, en un cuaderno que habían encontrado en un mueble estilo *art nouveau* del salón. Sospechaba que cuando Montse estaba con ellos alteraba la medicación del abuelo, pero ¿cómo probarlo?, ¿cómo trasladar a su hijo algo tan monstruoso? Ni ella misma quería creerlo. También sospechaba que maltrataba a su nieto, lo que convertía a su nuera en alguien temible, por lo que prefería achacar estas malas ideas a la edad y a que estaría volviéndose loca. En fin, unos seres conflictivos y bastante violentos, según las últimas palabras de Duarte.

Toda esta información podría haberme conmocionado, de no estar mucho más conmocionada por la usurpación de la persona de Rafael por parte de Hugo. Me soliviantaba la pregunta de si Hugo tenía derecho, por mucho que su muerte hubiese sido injusta, cruel y violenta, por mucho que se hubiese escatimado el amor debido a un niño, si tuvo derecho a robarle a Rafael tiempo de su infancia. Me perturbaba la idea de que a todos se nos secuestre una parte de nosotros mismos sin darnos cuenta y que no tengamos ni la más remota idea de cómo funciona la existencia.

—Voy a bañar a Rafael —anunció Lira, un tanto hastiada por las noticias y dando por terminada la entrevista y, seguramente, este periodo de su vida—. Hasta mañana, Alicia.

Salimos juntos del apartamento y en la calle, aunque fuera por la tarde, ya era noche cerrada. Alcé la vista hacia Venus. Qué lejos estaba todo de nosotros.

—Y ahora, mientras caminamos hacia tu casa —dijo Duarte—, vas a contarme por qué sabías que en ese mueble había un cuaderno escrito del puño y letra de doña Luisa.

—No tengo ni idea, fue un presentimiento. Quizá cuando estuve en aquel piso hablando con Lorena me pareció que no quería que reparara en ese mueble.

Una explicación inconsistente, de todas todas. Pero había pasado el momento de contarle cómo Rafael lo encontró debajo de un aparador con pelusas pegadas a las tapas, y cómo Lorena lo guardó en un cajón, y cómo luego él mismo lo señaló insistentemente en un vídeo que yo había hecho. Demasiadas palabras.

—Lorena no sabía nada de ese cuaderno. Y la creo, se ha vuelto una chica muy sincera. Intuimos que fue su madre quien lo guardó. Hay mucho que aclarar.

De vez en cuando se detenía para hablarme cara a cara, vemirándome a los ojos entre pequeñas luces que iban y venían. Estaba segura de que nadie lo había intrigado tanto como yo. Y a mí me habría ocurrido igual.

Se acercó bastante para preguntarme quién me había dado el chivatazo. Olía al cuero de la cazadora, lo que le borraba un poco la cara de adolescente.

—A no ser que tengas poderes paranormales.

Me reí. Me reí más fuerte de lo que la situación requería, porque me reí de que de algún modo me encontraba por encima del resto de los mortales a los que conocía. Me reí por lo que sabía y porque lo que sabía me daba fuerzas para besarlo. Él no se retiró y me abrazó. Me sentí muy bien con la cabeza en su hombro y con que su mejilla me diera en la frente.

—¿Tienes frío? —preguntó con una voz más íntima, menos calculada—. No duermo bien desde que apareció el cuerpo de ese chico. Quizá hoy lo logre.

Podría ayudarlo a cerrar el círculo; creo que me lo estaba pidiendo sin pretenderlo. Es tan difícil entender la vida. Para entenderla hay que morir, y a veces ni siquiera así.

Al día siguiente, no me extrañó que Lira no se mostrara lo que se dice amigable y que adoptase un aire distante. A todas luces daba a entender que, si se deshacía de mí, se deshacía de un pasado fastidioso en el que todo había salido mal, también su relación con Leonardo, y yo estaba en el centro, por lo que, si el centro desaparecía, la vida sería como tenía que ser.

Me rogó que de nuevo me alejara de ellos, sobre todo de Rafael. Cada día era más alegre y más feliz, y mi presencia, la energía que desprendían mis pensamientos, no le harían ningún bien. Yo estaba de acuerdo, también me convenía pasar página, y no volví a ir por su apartamento ni por la escuela infantil ni supe nada más de Rafael hasta diez años después.

Fue difícil contenerme y no faltar a mi palabra con Lira, tanto como cuando rompes con un amor y no hay vuelta atrás. Demasiado tiempo para recordar y poco para olvidar. Era imposible controlar las pesadillas y los sueños lúcidos en los que llevaba a Rafael a la escuela y luego emprendíamos el camino hacia la casa misteriosa y ascendíamos al quinto A, como quien asciende a un destino en el cielo. La misma Lira iba y venía por mi mente con sus melodramas y quejas, y habría dado cualquier cosa por tropezármela en la esquina que fuera, incluso al mismo Leonardo frenando la carrera ante mí, sudoroso y bronceado.

Me resigné a compartir la vida con esa otra vida del pasado, porque no hay nada más persistente y terco que los fantasmas, sobre todo, los vivos. Aparecen cuando les viene en gana y no se les puede echar con una palmada; fueron mis dueños una temporada.

Sin embargo, aunque permanecí firme en cuanto al contacto con Lira y Rafael, sí sucumbí a la tentación de regresar a la casa misteriosa, a los dos años y pico.

SEXTA PARTE

A los dos años y pico, Lorena salió del centro donde había estado recluida. Entró con diecinueve años y salió con veintidós. Durante este tiempo a Duarte no cesó de darle mucha pena que Hugo fuera asesinado por su hermana y también que una chica tan joven se convirtiera en la asesina de su hermano. No era nada nuevo. Caín y Abel. Y, sin embargo, siempre resultaba tan extremo, delirante e inconcebible. Por eso, a pesar de las declaraciones de Lorena, en las que reconocía que estuvo junto a su hermano en el contenedor cuando este cayó dentro, y que no avisó a nadie, y a pesar de que el examen forense no revelara rastros de los supuestos ansiolíticos y que tampoco defendiera con énfasis su inocencia, y que con su actitud aceptaba, de una manera asombrosamente natural, su culpabilidad, jamás hubo una confirmación en firme de que lo hiciera ella porque nadie la vio hacerlo, ni tampoco nadie quería creer que lo hiciera.

La primera persona a la que informé sobre la liberación de Lorena fue Irene, que había permanecido en nuestro piso de solteras cuando me marché a vivir con Duarte.

—El muerto al hoyo y el vivo al bollo —exclamó resumiendo el mundo y la humanidad entera.

Por supuesto, nunca le mencioné la palabra «reencarnación». Nunca supo lo que le había sucedido a Rafael. Seguramente, algunos detalles en su momento le parecieron raros o extravagantes. O ni reparó en ellos. Pasaron de largo por su mente como motas bailando en el aire. No existía ningún canal en su cerebro por donde dejar entrar algo así. Tampoco Lira y yo en aquellos días, salvo una vez o dos, recurrimos a esta palabra; la evitábamos. Dábamos un rodeo para hablar de ese chico, Hugo, que de una manera sobrenatural, quizá por mi culpa, se había instalado en la vida de Rafael.

Y por nada, absolutamente por nada del mundo, en los años de convivencia con Duarte, se me habría ocurrido sugerirle tal cosa; hubiera pasado a formar parte del gremio de los pirados. Para él contaban los hechos probados, no los hechos imaginados. Y, aunque para mí la reencarnación de Hugo era un hecho más que comprobado, no encajaba en los hechos comprobados habituales. ¿Cómo convencerlo de que fue el mismo Hugo, a través de Rafael, aparte de la declarada presencia de su hermana, quien nos dirigió hacia su homicidio en los contenedores de basura? Lo que nunca sabré es si Hugo lo descubrió al mismo tiempo que nosotros o ya lo sabía cuando lo encontraron en el vertedero. Solo llegó un reflejo de ese pobre chico, solo un atisbo de su existencia escindida. Fue como si lo que quedaba de él se evaporara en un mundo invisible.

Imposible contarle nada de esto. Me agradaba nuestra vida. Me gustaba la racionalidad de Duarte, su mesura, la concreción con la que dotaba al mundo. Era un científico del mundo objetivo. Desdeñaba la física cuántica y las partículas imposibles de ver; no porque le parecieran falsas, sino porque le parecían absurdas. Lo absurdo no le interesaba, aunque fuera cierto. Y alguna vez se me pasó por la cabeza que habría hecho buenas migas con Irene. Aunque, pensándolo bien, sería improbable, porque ambos se encontrarían en la misma frecuencia con muy poca perspectiva el uno del otro, mientras que yo disfrutaba de una visión de él desde arriba; por explicarlo de alguna manera, porque no era desde arriba, sino desde fuera, desde el sitio de Hugo.

Hugo nos regaló un lugar absurdo e improbable a Lira, a Rafael y a mí, quizá también a su madre y a Lorena. Un punto en la vida. Un punto de vida en la muerte, tal vez.

Lo más seguro era que Lorena hubiese vuelto al piso de la calle Velázquez. Por ley continuaba siendo la heredera y además no tendría otro lugar al que ir.

Durante este tiempo, me pregunté una y otra vez si ella habría observado en Hugo lo que observé yo en Rafael, si su hermano logró lanzarle una señal de su presencia, el chispazo que, de alguna manera, la animó a delatarse. No pude resistirme más y, a la semana del regreso de Lorena, me acerqué a su casa.

Iba a entrar en el portal cuando salía Montse, su madre. No creí que me viese, pero, si me vio, no le interesé lo más mínimo. Parecía una actriz francesa otoñal con una media melena maravillosamente revuelta, gafas negras, un vestido también negro de tirantes y unas sandalias con medio tacón. Llevaba manicura roja, como los labios, sujetando un móvil por el que hablaba muy airada, enfadada y a punto de gritar. Algo había sucedido en el piso misterioso que la había sacado de quicio.

El conserje se acordaba de mí y me saludó, dando por hecho que me dirigía al cuarto B.

—¿Viene a echar un vistazo al piso de la señora Margot?

Sin contestar, esperé a que me informara de que por fin lo había puesto en venta y se había retirado a vivir a un complejo de lujo para jubilados. Bien por Margot, pensé, una mujer de recursos.

—La echaremos de menos —concluyó el conserje—. Tenía mucho carácter.

Me limité a asentir y subí al quinto. Lorena abrió la puerta con brusquedad, pensando seguramente que era su madre. Y lo que menos esperaría sería toparse con una entrometida que había ayudado a abocarla al desastre. Tras unos segundos de perplejidad y de buscarme entre sus peores recuerdos, no me cerró la puerta en las narices, por lo que yo no representaba lo peor de lo peor.

—Lo que me faltaba hoy. ¿Qué quieres?

Parecía que había crecido y estirado, y que toda ella se había fortalecido, se le habían pronunciado los pómulos y la mandíbula. Se le notaban las venas de los brazos, como si los sometiera a ejercicios de fuerza sin parar. Había perdido refinamiento y llevaba un teñido demasiado rubio que contrastaba con las cejas demasiado negras.

—Me he tropezado con tu madre en el portal. Parecía bastante cabreada.

Se medio sonrió y echó a andar por el pasillo. La seguí sin saber si debía cerrar la puerta o no. La dejé entornada.

—Estaba haciéndome un sándwich —dijo, lo que significaba que nos adentrábamos en la cocina.

De camino, vi la foto de Hugo expuesta en un lugar más visible del salón, como si se hubiera reconciliado con él.

—He tenido que echarla —dijo como la cosa más natural del mundo—. Se ha olvidado de que todo es mío. Gasta demasiado, tendrá que ponerse a trabajar. Voy a cambiar las cerraduras de este piso y las de la casa de la playa.

Era evidente, necesitaba hablar con alguien y ese alguien en ese momento era yo. No comentó nada del padre, que no era su padre, y no le pregunté. Qué me importaba el destino de un ser como cualquier otro. No me ofreció café. Se tomó uno que había en la encimera y, cuando terminó con el sándwich, dijo:

—¿Has venido a preguntarme si me arrepiento de lo que hice? Las cosas se hacen y luego se hacen otras y otras, y al final son muchas como para acordarse de todo.

—No es de mi incumbencia si te sientes culpable o no. Quiero preguntarte otra cosa. Esa otra cosa.

Era difícil discernir si no me entendía o lo fingía.

—Me refiero a que algo tuvo que empujarte a ponerte tan fácilmente en el punto de mira por la muerte de tu hermano.

—De pronto me di cuenta de que se lo debía a Hugo; él no tuvo la culpa de nada. Y nadie va a sacar provecho de lo que hice, ni siquiera nuestra madre.

—¿Sueñas con él?

—No se me aparece ni me atormenta, si te refieres a eso. Me quería —concluyó, y me acompañó hasta la mitad del pasillo sin satisfacer mi curiosidad.

Aunque puede que Lorena tuviese importancia para Hugo en vida, desde luego no la tuvo tanto al pasar a ese otro sitio. Eso pensé. Era la única forma que hallaba para explicarme tal desconexión. De todos modos, Lorena alguna vez debió de preguntarse por la presencia de Rafael en el piso, por cómo la miraba a ella y al entorno, al trofeo de matemáticas, y debió de llamarle la atención su comportamiento. ¿O estaba tan confusa y sumida en la muerte de su hermano que no pensaba en lo que veía? Me resultaba curioso que Lorena no llegara a comprender que su hermano la guiaba.

No le conté a Duarte la visita a Lorena ni volví a verla. Empecé a preocuparme más por una posible maternidad mía, que no llegaba, y por la compra de una nueva casa, por la edad. Todo lo que no fuese esto parecía un cuento fantástico, como si la vida se dividiese entre lo normal y lo anormal, cuando lo normal es extraordinariamente raro, como que de un cuerpo salga otro cuerpo, por pequeño que sea; como que haya árboles, mares y nubes; como que existamos para luego desaparecer, o no del todo.

SÉPTIMA Y ÚLTIMA PARTE

Pasados diez años de iniciar mi relación con Duarte, cuando el mundo se había vuelto más concreto, me quedé embarazada con todo lo que aquello suponía de sorpresa, alegría y preocupación. Pero junto con esta sorpresa me asaltó otra: una llamada de Irene informándome de que Lira había fallecido. Se lo había comunicado Leonardo, su exmarido. Por lo visto habían vuelto a vivir juntos con Rafael. Fue sorprendente, aunque, en el fondo del cerebro pequeño, no me asombrase demasiado que Irene, durante este tiempo, hubiese mantenido relación con Lira, incluso habían hecho un crucero por las islas griegas. Y yo me lo había perdido.

Desde luego, en mi estado no pensaba asistir a ningún entierro, a ninguna iglesia ni a ningún lugar relacionado con la espiritualidad, y, a regañadientes, debería ir a un hospital para traer a mi hijo al mundo. La única persona en la tierra que habría entendido tales aprensiones habría sido Lira. Ojalá hubiese podido conocer a Hugo como lo conoció Lira. Ella tuvo la clave de su sufrimiento, pero solo pudo descifrarla a medias: un posible maltrato, una posible ausencia de amor. Hizo lo que pudo, lanzó señales de alarma a la familia, conoció su alma, lo quiso, y yo no le pregunté lo suficiente; me encontraba ensimismada en Rafael. Y ahora esa conversación había quedado pendiente.

Por mucho que se pretenda cerrar el círculo en vida, jamás se cierra; siempre queda algo pendiente por resolver: un recibo de la luz, una llamada de teléfono, una disculpa latente, una conversación, un abrazo, un último arrepentimiento, una última esperanza. Lo último siempre está por llegar.

Irene me confesó que, semanas antes de su muerte, Lira le habló mucho de mí, y que prefería no encontrarse conmigo porque no era bueno para ninguna de las dos. Pero veía con buenos ojos que les diera el pésame a Leonardo y a Rafael.

Lo pensé mucho. La idea me acongojaba y no me venía bien ningún sobresalto, pero la curiosidad tiraba de mí. Y una tarde de primavera, en medio de una floración casi irreal, con diminutos algodones que revoloteaban por un aire gelatinoso, me arriesgué a salir del mundo concreto y llamé al timbre de una casita de dos plantas, cerca del Retiro, que hacía pensar en rupturas sentimentales, altibajos económicos, cambios de domicilio y en una adolescencia nada pacífica para Rafael.

Me abrió un chico en pantalón corto, con pelo rizado y ojos azules. Era atlético como su padre y Lira debió de estar muy orgullosa de él. Como era natural, no me reconoció.

—Soy Alicia, una amiga de tu madre. También fui tu niñera, pero no te acordarás de mí, eras muy pequeño.

Sin dejar de sujetar la puerta de entrada, me informó de que su padre no estaba, mientras que del fondo de la casa llegaban risas de adolescentes.

—¿Tampoco recuerdas los paseos que dábamos, ni el parque al que te llevaba a jugar?

—Lo siento —contestó echando ojeadas hacia las risas.

—A veces íbamos a la calle Velázquez.

—¿Adónde? ¿Qué hay allí?

—¿Tu mamá nunca te habló de mí? ¿Tampoco tu papá?

—No creo. Gracias por venir, de todos modos.

—Una pregunta antes de marcharme: ¿te gustan las matemáticas? ¿Eres bueno en eso?

—Pues sí, ¿por qué?

No contesté. Me limité a permanecer unos segundos mirándolo a los ojos, los mismos ojos fuertes que tenía de niño, y haciéndolo sentir incómodo hasta que de las profundidades del pasillo surgió una chica menuda, con el pelo corto y una cara graciosa y sonriente. Lo abrazó por la cintura, se besaron, y Rafael me cerró la puerta con toda la discreción de la que fue capaz.

Me pregunté si sería este el tipo de chica que también le gustaba a Hugo, como el hecho de que lo atrajesen las matemáticas. Podría o no podría ser, ninguno de nosotros sabe lo que traemos al mundo al nacer. Pero algo parecía seguro: nunca sufriría la angustia de encontrarse absolutamente solo consigo mismo, siempre tendría una milésima de milésima de milésima de compañía dentro de él y, aunque solo fuera por esto, había que perdonar a Hugo.

Ahora lo que ocurrió solo lo sabía yo, lo cual tampoco era tan terrible. Era como otra cosa cualquiera de la existencia de una persona cualquiera.

NOTA DE LA AUTORA

No me lo explico

Una vez —tendría diez años— soñé que me moría. No se trataba de una pesadilla, no había miedo ni drama. Moría con una serenidad absoluta, incluso con cierta satisfacción. Lo extraño fue que al despertar, en lugar de sentir alivio, sentí nostalgia, como si en aquel sueño hubiese dejado atrás algo valioso, que no era la vida, sino una historia.

Algunos niños arrastran una densidad en la mirada impropia de su edad, como el eco de una experiencia anterior que persiste y que nada más empezar a escribir esta novela descubrí en el niño Rafael.

A veces he llorado sin explicación alguna, casi sin ganas; el llanto afloraba incontenible, como si alguien dentro de mí recordase una guerra, una pérdida, un amor roto. Si lo pienso seriamente, el invento humano de la reencarnación explicaría muchas angustias sin sentido aparente.

Hay personas que dan la impresión de venir de muy lejos sin recordar de dónde. Posiblemente sienten la sutileza que conlleva la idea del renacer y de la captación de reflejos de la vida anterior a través de objetos, lugares, gestos, olores. Y de atrapar señales que no pueden ser interpretadas, solo percibidas como sombras, como ráfagas de algo por descubrir, de una intuición que atraviesa el tiempo igual que un escalofrío.

La realidad se comporta como una de esas personas poderosas a las que hay que respetar y caer bien porque de lo contrario te echan del trabajo, lo que ha generado cierta rebeldía, el afán de encontrar alguna grieta secreta por la que huir de las horas y los días. Las religiones han tratado de dar forma a dicha rebeldía. ¿Qué otra cosa podría considerarse la resurrección de la carne, sino una manera de corregir a los dioses? Al pronunciar la palabra *resurrección* nos situamos en otro nivel de lenguaje, porque su misma naturaleza desafía la lógica cotidiana. Exactamente igual que la palabra *reencarnación*, una idea surgida en los márgenes de lo real y que en momentos de cansancio profundo, de fiebre o de silencio te lanza la pregunta: ¿quién fui yo antes de mí? Una ráfaga de viento consolador que ha atravesado la humanidad entera para ofrecerme la oportunidad de hacer algo de otra manera, para ofrecerme la extraña compañía de alguien que estaría dentro de mí sin yo saberlo y que se asomaría al mundo desde mí misma, que me prestaría recuerdos y cierta experiencia sin saber de dónde proceden, y a veces alegrías y pesares que me sobrepasarían. Lo cierto es que mi rebeldía contra el tiempo está más en consonancia con la reencarnación que con la resurrección, porque es obvio que arrastramos en nuestro ADN muchas otras vidas, también en nuestro carácter, comportamiento, gustos, creencias. En todo lo que somos y nos hace únicos se rastrean huellas y más huellas como de huéspedes de otros tiempos. Y a veces reaccionamos de un modo que nos asombra o sabemos cosas que también nos asombran porque somos fruto de conexiones ancestrales, de conexiones misteriosas, quizá sin ninguna base científica, pero sí literaria. La ficción solo observa los límites que ella misma impone.